BEST SELLER

José Carlos Somoza nació en La Habana en 1959, pero desde 1960 vive en España. Es autor de las novelas *Silencio de Blanca* (premio La Sonrisa Vertical, 1996), *La ventana pintada* (premio Café Gijón 1998), *Cartas de un asesino insignificante* (1999), *Dafne desvanecida* (finalista premio Nadal 2000), *La caverna de las ideas* (premio Gold Dagger 2002 a la mejor novela de suspense en Inglaterra), traducida a más de veinte idiomas y con una extraordinaria acogida en la crítica internacional, *Clara y la penumbra* (premio de Novela Fernando Lara 2001 y premio Hammett a la mejor novela policíaca 2002), *La dama número trece* (2003), *La caja de marfil* (2004) y *Zigzag* (2006). Ha escrito también las novelas cortas *Planos* (accésit premio Gabriel Sijé 1994), *El detalle* y *La boca*, reunidas en 2005 en el volumen *El detalle (tres novelas breves)*, el guión radiofónico *Langostas* (premio Margarita Xirgu 1994) y la pieza teatral *Miguel Will* (premio Miguel de Cervantes de Teatro 1997).

Biblioteca

JOSÉ CARLOS SOMOZA

Cartas de un asesino insignificante

DEBOLSILLO

Diseño de la portada: Departamento de diseño de Random House Mondadori/Yolanda Artola
Fotografía de la portada: © Freyda Miller/Corbis

Primera edición: abril, 2007

Printed in Spain – Impreso en España

ISBN: 978-84-8346-308-6 (vol. 613/10)
Depósito legal: B. 12.064-2007

Fotocomposición: gama, s. l.

Impreso en Litografia Rosés, S. A.
Progrés, 54-60. Gavà (Barcelona)

P 863086

But it's the dead folks that do him the damage. It's the dead ones that lay quiet in one place and don't try to hold him, that he can't escape from.

WILLIAM FAULKNER,
Light in August

NOTA DEL EDITOR

La imaginación es un palacio abstracto. No debe dársele mayor importancia a la correspondencia que sigue de la que permite deducir su lectura completa. Se publica tal como llegó a nuestras manos, incluso las cartas inacabadas o interrumpidas. Todos los personajes descritos en ellas existen o han existido. Todos, salvo uno. La persona que me las envió me rogó encarecidamente que no desvelara bajo ningún concepto la identidad de este personaje irreal. No importa: sé que el lector la descubrirá por sí mismo.

Estimada señorita. Voy a matarla y usted lo sabe, así que me asombra su silencio. La flor del almendro ya destella de blancura en las ramas, pero no advierto la flor de sus cartas en el muro. Eso no es lo convenido. Yo me tomo en serio mi papel de verdugo: haga lo mismo con el suyo de víctima. Le sugiero, por ejemplo, que se vuelva romántica.

He aquí algunos ejercicios.

Ejercicios románticos

a) Aproveche la geofísica de Roquedal. El viento tiene fuerza en los pueblos costeros: escuche atentamente su silbido cuando azota las ventanas de su casa. Pensará: «No puede ser. No es el viento. Es el horror».

b) El mar y la soledad. Camine sola hacia la playa a horas inusuales, idealmente el crepúsculo, y diríjase al espigón. Acceda a salpicarse con los rociones de espuma. Contemple la poderosa túnica azul oscura y la guadaña blanca de las olas. Y hágase nuevas preguntas: «¿Qué significa esta gélida mortaja? ¿Cómo es posible que *esto* sea "el mar"? ¿Cómo he podido pensar alguna vez que *esto* era "el mar"?».

c) De noche, escoja la ruta de los solares, hacia el norte, para que las luces del pueblo no la estorben. Entonces levante la cabeza y observe detenidamente las estrellas. Piense en la Tierra con minúsculas: tierra, un pedazo de ella que gira sin vértigo en la pulcritud del espacio. Concédale, en cambio, mayúsculas a la luna: Luna, una roca helada y blanca, un satélite muerto. Y piense: «En teoría, mientras admiro esta negrura, debería amar. Pero ¿acaso podemos amar bajo la noche?». Haga como si, por un descuido, el mundo se le hubiese caído en la oscuridad y usted lo perdiera.

d) Aceche los ángulos de las paredes; perciba el inagotable trajín de los fantasmas; vague por los pasillos hasta que un espejo emboscado la sorprenda; encienda velas y columbre la forma de las sombras; plántese en medio de la oscuridad y recele de su propio cuerpo respirador.

e) Y si no puede evitarlo, ríase. Pero descifre la risa, compruebe su semejanza con la agonía —garganta convulsa, espasmos de vientre, gritos—. Cese de reír riéndose.

Sobre su muerte, señorita, elaboramos una ilusión: la de que todo lo que usted haga antes de morir será trascendental. La solución perfecta consiste en que se vuelva romántica.

* * *

Mi inestimable señor. Ya sé *quién* es usted.

No te escondas tras las palabras, Luis, que destacarías hasta en un desfile de locos. No es preciso ser psicópata para interesar a una escritora cuarentona como yo, por mucho que me dedique a traducir a Faulkner. Además, te tomas demasiadas confianzas, dado lo poco que nos conocemos: apenas un intercambio de cervezas en la Trocha y un mal día, o una mala noche, para ser exactos, en que me invitaste a tu casa de más allá del espigón con el pretexto de mostrarme tus nuevos cuadros y la encontré invadida por: a) una pareja de *yonquis* germanos que apenas hablaban mi idioma, y b) una escuálida y alienada pintora fuengiroleña que parecía no hablar ningún idioma. Recuerdo que la copa en que me escanciaste el vino estaba orlada de labios fósiles y que la *fondue* resultó un engrudo incomible. Y lo mejor: cuando desertaste de la espantosa conversación para ensayar con la flauta en la terracita y los demás nos pusimos a escucharte como cobras hipnotizadas. La verdad, confiaba en que la velada fuera más íntima. No por nada: ya te dije en cierta ocasión que padezco una especie de claustrofobia social, y no soporto la asfixia de dos o más personas hablando a mi alrededor. Añadiré que no soy de *tu* época, de igual forma que tú tampoco eres de *ésta*, porque —seamos sinceros, Luis— tu trasnochado aspecto *hippy*, con chaleco de cuero abierto, tejanos raídos y el *make love not war* colgado del cuello podrá parecer rebelde en el pueblo, pero queda carrozón para los tiempos que corren. No obstante, debo admitirlo, eres el mejor Joe Christmas de Roquedal, el número uno de la lista de los candidatos a Negro, palabra de la señorita Burden.

Sólo te encuentro un pequeño defecto: que estés muerto.

Qué lástima que te mataras hace dos semanas, que te abrieras el cráneo con la moto y tu cerebro drogado se derramara sobre el asfalto (me imagino un estallido versicolor, como en tus lienzos). Razón de más, por otra parte, para no contestar las cartas que subrepticiamente me dejas en el muro. Qué lástima de accidente, y de afición a las drogas, y de moto peligrosa.

Perdona, pero he tenido que llorar un poco.

Sigue escribiéndome, por favor.

* * *

Muy bien, señorita. Descúbrame en alguien. Finjamos por un momento que me encarno en cualquier idiota y disimulo frente a usted, pero que mis ojos brillan al fondo con el relumbre del engaño. Juegue, pues, a creer que soy un vecino del pueblo. De inmediato empezará a pensar que puedo no serlo. Y entre estos y otros pasatiempos, el día acabará y vendrá la noche.

* * *

Ayer tomé en la Trocha unas cañas con el bueno de Manolo Guerín, «el solitario de la torre». Manolo ejerce de ermitaño como yo, aunque no creo que disfrute del placer de cartearse con alguien que quiere matarle. Es verdad que lleva viviendo en Roquedal una pila de años y conoce al dedillo el laberinto de sus leyendas, pero yo escatimo nuestros encuentros, porque ya sabe usted que no me interesa el pasado de nadie y no veo de qué otra cosa podría hablar el pobre Manolo. Él, no obstante, me aprecia y rastrea mi compañía. A veces me lanza guiños de complicidad, una especie de morse de miradas que yo, traductora siempre, vierto como: «Somos diferentes, Carmen del Mar. Debemos tener paciencia con la gente de aquí, porque nosotros somos distintos». Y es cierto que con Manolo se puede hablar, y que eso es lo que hago cuando lo veo, pero posee sus defectos de viejo, como todos los viejos. Sé que nunca le agradó, por ejemplo, mi párvula afición a Luis Blasco y a su conversación esnob, aunque comprendía que ahí tenía que callarse y no podía invocar sus consignas, porque yo me ponía de parte de Luis y, si era preciso, lo defendía con tanta vehemencia que terminaba enfadándolo (sospecho, por tanto, que se ha tomado su muerte con el júbilo mal disimulado de quien ve desaparecer un rival).

—¿Y cómo va la novela? —indagó ayer—. ¿Marchando?

—Así, así. Todavía estoy con la traducción. Creo que ya te lo dije.

—Ah, sí, el americano ese...

—Faulkner.

—Eso es. Qué memoria la mía. Por cierto, échame una visita un día, mujer, que no te voy a soltar los perros.

Últimamente insiste mucho en que invada su soledad. Antes la defendía, pero cedió terreno al comprobar que yo amparaba aún más la mía. Así ocurre, según creo, con todos los hombres solitarios: que dejan de serlo cuando descubren a una mujer solitaria.

—No tienes perros, Manolo.

—Pues por eso.

Nos reímos. Llegó Juan Hernández con su mujer. Su exagerada deferencia al saludarme me puso en guardia —pese a que sé lo bien que le caigo— porque en Roquedal la mucha cortesía es siempre ficticia, como los gestos que imitan los monos o las palabras de las cotorras (en la ciudad no importa, ya que la cortesía ficticia es la única posible), y el roquedeño la usa cuando busca algo; aunque es difícil discernir lo que busca Juan, pues su conducta es jánica, bifronte. Se acercó a nuestra mesa y me tendió la delgadez de su mano:

—Escritora, mucho me alegro de verla. —Y, sin permitirme replicar, altanero, volviendo la cabeza casi con desprecio—: Que pase un buen día.

¿Se burlaba? No lo creo. Si Juan escribiera un libro, la mitad lo dedicaría a contradecir lo escrito en la otra mitad. Su personalidad, como la de la piedra filosofal soñada por los alquimistas, consiste en la oposición de los contrarios, el yin y el yang de la metafísica oriental. Sus días pueden ser «frescos» aunque él mismo admita que hace «un calor espantoso»; la lluvia es «saludable» aunque «mala para el cuerpo». No obstante, se resume en un hombre cortés y tranquilo, el farmacéutico estándar, y no carece de ironía. No es tan serio como aparenta, lo que ocurre es que su delgadez de quijote lo entenebrece. ¡Quizá él es mi *asesino* Negro!

Pero ¿por qué le estoy contando a usted todo esto? Sepa que mis investigaciones me llevarán, por fin, a desenmascararlo. Y aunque así no fuera, no me importa. Me hallo demasiado atareada con Faulkner para seguir haciéndole caso. ¡Adiós!

* * *

Prescinda de Faulkner y continúe con mi enigma; comprobará que es bastante más satisfactorio. La razón es sencilla: descubrirme le costará mucho más esfuerzo, y no le servirá de nada, porque yo la mataré. De este modo, su afán resultará completamente inútil, así que podrá malgastarlo cuanto quiera. Muy al contrario de lo que comúnmente se piensa, el tiempo se pierde a gusto cuando se tiene la seguridad de perderlo *por gusto.* Todo intento es fútil; cada hazaña está preñada de un fracaso inexorable; cualquier empeño constituye un desastre lejano... Pero, ah, qué diferencia saberlo.

Véase, si no, la mosca.

La mosca

Ahora, por ejemplo, me distrae una mosca que golpea obcecadamente el cristal de mi ventana. Buen símbolo. Si no desea adoptar el papel de víctima, adopte al menos el de insecto: observe el ineludible vidrio contra el que se decapita una y otra vez, la luz mortal hacia la que se abalanza hipnotizada. Percíbase mínima, reacia y luchadora, y así comprenderá la vanidad de sus esfuerzos. Y cuando mi mano la aplaste —como hago ahora con su avatar—, agradecerá la anestesia del golpe final: el dolor no cabe en un cuerpo tan pequeño.

Venga, venga, reconozca que soy divertido. Piense un poco en mí. Le ayudaré con un pequeño test.

Test

a) ¿Puedo ser Manolo Guerín?
b) ¿Puedo ser Juan Hernández?
c) ¿Quién podría ser si no fuera ninguno de ellos?

¿No le tienta resolver mi enigma? Haga cábalas: es la mejor forma de aguardar la muerte en la vida.

* * *

Respuestas

a) Manolo Guerín es un individuo trágico, pero si mi asesino Negro es él, entonces es que no conozco a las personas: odia la improvisación, según creo, y no lo dejaría todo al arbitrio de mi santa voluntad; tampoco aguardaría bajo el relente para dejar o coger cartas en el muro que rodea mi casa, no es ése su estilo de riesgo ni creo que se halle en forma para llevarlo a cabo con frecuencia, y si me está leyendo, que me contradiga. No obstante, si él es *usted*, tendré que perdonarle: sus intenciones de sorprenderme son genuinas, aunque posea las dudosas virtudes de la palabra inoportuna, la pesadez moral y la crítica apresurada. Yo creo que Manolo juega a ser mayor, lamentarse de serlo, obligar a los demás a que lo admitan y conseguir el respeto de la edad a base de rechazarlo; muy sutil lo suyo. Sin embargo, su introversión no le impide tener fama de mujeriego, y él contribuye con un aspecto intrigante: pelo blanco y lacio con mechones amarillo-orín; tupidas cejas negras sobre los ojos azul oscuros, muy brillantes al fondo del todo, como túneles; ropa sencilla pero al mismo tiempo chocante, siempre un jersey y una camisa, haga el tiempo que haga, y unos tejanos desteñidos. Es un viejo rey cíclope en el país de los ciegos, pero me admite como la súbdita más importante, lo que no debió de serle fácil al pobre, porque aquí se le tenía por el único intelectual con denominación de origen, y ello, pese a todas las connotaciones negativas que conlleve tal reputación en un pueblo, es un título que se ostenta con demasiado orgullo para que venga una advenediza madrileña —una *mujer*— a disputárselo de buenas a primeras.

b) Juan Hernández es más serio, pero quizá no tan aficionado como Manolo a las especulaciones metafísicas. Naturalmente que le agrado, me lo ha dicho en más de una ocasión y no es ningún secreto. Sin embargo, conmigo es aún menos osado, a su modo, que el propio Guerín, y pertenece a ese grupo de caballeros que se ríen con los hombres y se entristecen con las mujeres. Mucho me sorprendería que hubiese elegido este retorcido sistema para que nos conociéramos, pero los caminos del machismo son insondables. Además, en su mirada de andaluz noble se esconde un cuarto de Barbazul que me hace sospechar que sería capaz de las más abyectas perversiones. No obstante, cultiva un miedo sincero por su mujer, que es esférica y se viste con blusas de lunares cosmogónicos todos los domingos y festivos; la evita al dirigirse a mí, y su actitud pierde un miligramo de seriedad cuando ella se ausenta, como si su peso, no sólo corporal, le abrumara de continuo. En la farmacia se vuelve consejero, y, al igual que todos los consejeros que sólo lo son en un mismo lugar, pretende tiranizar: le hace mal efecto que me lleve somníferos, que para él son «perjudiciales, sabe usted» (aunque al mismo tiempo afirme que «mejoran mucho los nervios»), pero ha depositado la confianza de Abraham en la aspirina Bayer, y es de los que piensan que un «salicilato» arregla casi cualquier cosa. No, no: a Juan lo descarto, a menos que haya un segundo Juan dentro del primero, amargo y duro como el hueso del albaricoque.

c) ¿Quién más me queda? Como la gracia de todo esto (si es que la hay, que yo no la veo) estriba, señor mío, en que pueda desenmascararlo, las posibilidades se agotan por sí mismas: ¿Roberto Torres, el médico? ¿Fernando, el párroco? ¿Quizá don Baltasar, el loco de la carretera del cementerio? Prefiero descubrir sus ideas, que no su identidad, la cual, me temo, llegaría a frustrarme si la conociese. Eso de «todo intento es fútil» de su carta anterior me parece pesimista pero auténtico: llevo veinte páginas de mi frustrado manuscrito intentando expresar el mismo pensamiento. Y me pregunto: ¿qué queda del sentido de las cosas a los cuarenta años de edad? Hablemos de esto, no de quién pueda ser mi Negro. Según sus propias palabras, siempre perderemos el tiempo, pero ésta es la forma que yo elijo de perderlo.

* * *

Tiene RAZÓN, como siempre; yo apenas poseo otra cosa que DESEOS DE MATARLA. Me dice: «Hablemos de esto y no de lo otro»; le respondo: «Adelante, es una intención loable». Pero... ¡descubrir mis ideas! Imagíneme como un enorme abismo: si me pregunta, oirá su propia voz devuelta con el eco. No avance hacia mí sino hacia *usted.* Y, si quiere, inténtelo: descubrirá que camina en círculo. Soy insignificante. Mi único valor, si alguno poseo, reside en su afán de vivir, no en mi intención de matarla, que es cierta pero invisible como la razón de la lluvia. Por lo mismo, me hallo inseparablemente unido a su persona. Que la abandonen los que más la aman resulta doloroso pero comprensible, porque el tiempo es capaz de extinguirlo todo. Sin embargo, yo, que busco su muerte, ¿cómo podría dejarla antes de que ésta se produjera? Le aseguro, señorita, que pretendo serle fiel hasta la muerte.

Le propongo nuevos ejercicios.

Ayer hubo procesiones y me consta que las contempló. Recuerde a los nazarenos; piense en el destello de sus miradas a través de las capuchas; razone que anteayer eran rostros conocidos pero ayer fueron extraños cuyas identidades sólo podemos conjeturar. Ahora, encapirote con su fantasía a sus amigos; estudie detenidamente sus ojos; y enmudézcalos: que sus palabras se asemejen a una oración murmurada. Obsérvelos caminar con lentitud por la calle, abrumados por la procesión cotidiana. Transfórmelos en un abstracto de ojos y silencios, y comprenderá hasta qué punto el rostro *oculta* mucho mejor que las capuchas. Diseque las miradas de los seres que la rodean, señorita, y comprenderá que cualquiera puede ser cruel.

¿Pensó algo semejante ayer, frente al paso de la Virgen? ¿Y qué motivó su repentina huida? ¿El aburrimiento? Lo dudo: se hallaba a la sazón en la plaza, cerca de la iglesia, y en un parpadeo retrocedió hacia las callejuelas del este, tomó por Palomares y después por Mazo, pero siempre con prisas. ¿Qué buscaba?

* * *

Mi inestimable señor. Es usted un repugnante curioso. En efecto, el viernes decidí presenciar la salida del paso. Podrá parecer idiota, pero jamás había contemplado una procesión de Semana Santa en un pueblo y quería vivir esa experiencia, observe mi ingenuidad de guiri. Aguardé hasta la del viernes porque Manolo me había asegurado que era especial y no podía perdérmela por nada del mundo. Escogí un diminuto poliedro en la esquina de Vicario, nevado de pipas de girasol. Hacía una tarde magnífica, y el último sol acotaba —merced a una de esas coincidencias que refuerzan la fe— el área exacta donde aguardaban los nazarenos la salida de la imagen, frente a la iglesia; sus túnicas moradas refulgían en aquel espléndido corral amarillo. Un sobresalto de clarines mal afinados y el estruendo militar de los tambores me anunciaron que la religión comenzaba. No había traído cámara, pero, como todos los turistas bien entrenados, enfoqué con mis ojos el amplio portal y las escalinatas por las que tendría que aparecer la figura.

Y sucedió algo. O, mejor dicho, sucedieron *dos cosas* casi simultáneas que me dieron en qué pensar.

A veces, la realidad me desconcierta porque parece un sueño. Supongo que se trata de algo semejante a la deformación profesional, ya que los escritores vivimos de intentar que nuestros sueños se conviertan en una realidad desconcertante para los demás. Sin embargo, los astrólogos afirman que, en ocasiones, determinadas masas celestiales se agrupan en línea o en triángulo y se opera un misterioso cambio en nuestras entrañas sin que lo percibamos a flor de conciencia. Una sensación similar a esa metamorfosis íntima fue la que experimenté con aquel desdoblamiento de hechos.

El gato

Por una parte, una Virgen enlutada y áspera de crespones que emergió con la oscura fuerza de un novillo desde el interior de la iglesia, cimbrada por los porteadores. El gato tallado a sus pies resultaba perfectamente visible. Jamás había visto antes la figura de una Virgen con un gato; en Roquedal hay una. El animal, que es negro, se yergue como un bizarro repliegue del manto de la efigie; hasta tal punto es pequeño, extraño y tenebroso que podría confundirse fácilmente con otros adornos del atuendo, de no ser por el claror de sus ojos de barniz ictérico. Ya me habían dicho que la llamaban la «Virgen del Gato», y la razón de tal apodo parece obvia; pero lo más curioso es que, en realidad, el gato *no existe*: se trata verdaderamente de un *detalle* del manto, una de esas malévolas ilusiones ópticas que la multitud comparte con la misma intensidad que los ideales, influida también por los dos cristales amarillos que sobreviven cosidos a lo que antaño era una hilera de broches similares, que el azar debió de colocar en la posición idónea y la tradición, después, se ocupó de mantener. «¿Ve usted el gato?», me preguntaban los que me rodeaban en aquel momento, porque en Roquedal se afirma (oh, mi cronista infatigable, el señor Guerín) que el turista no siempre lo descubre, y que eso trae mala suerte, de la misma forma que la trae buena pedir cera de los velones a los nazarenos. Por supuesto, yo había acertado al situarme en el costado felino de la Virgen, ya que desde el otro el espejismo se derrite.

El mago

Pero he hablado de *dos* sucesos simultáneos. Y es que, cuando la figura hizo su aparición y divisé —sí, a pesar de saber que era falaz— el gato a sus pies (que ya no pude dejar de advertir, de igual manera que tampoco podemos ignorar una silueta en un suelo de baldosas cuando nuestra mirada la inventa), otra cosa me interesó desde la esquina de mis ojos. Era un joven, casi un niño, de melena negra y descuidada, rostro sucio de tiznes y chaleco oscuro repleto de *pins* como los muestrarios de un puesto ambulante. Estaba en primera fila, a la izquierda, a una distancia de cuatro o cinco personas, pero no miraba el espectáculo sino que se entretenía en fumar y charlar con otros chavales. Fue verle y pensar en un mago: enarbolaba una rama larga y delgada como una varita, con la que, de vez en cuando, incordiaba la cabeza de sus compañeros. El hechizo, al parecer, consistía en hacerles reír: aun los más avinagrados respondían con el resplandor de una sonrisa cuando el gesto les bendecía el pelo. Una inefable tontería —el deseo de que me incluyera a mí también; la tentación de que me encantara con el leve varitazo y quedara, así, alegremente encantada— prolongó mi mirada más allá de lo azaroso, y el joven brujo se apercibió de mis ojos y me volcó los suyos, recónditos y negros como minerales sin desvenar. Aparté la vista, un poco avergonzada, pero conservé su figura como una telaraña en un ángulo de mi percepción. Y de repente se esfumó. Quiero decir que su imagen dejó de manchar el área que yo le había destinado en mi retina, y lo describo con tanto detalle porque no me pareció que se moviera sino que mis ojos se *cegaban* a su presencia. Volví a mirar, y ya no estaba. Sus compañeros seguían allí —ahora serios—, pero él consistía ahora en un molde de aire. Pensé, aturdida: «Veo un gato que no existe, pero los cuerpos reales se me evaden». Tanta incongruencia —digna de usted— me hizo perder el interés por la procesión. Y cuando la Virgen consiguió enderezarse en la difícil curva de la calle Vicario —los costaleros recibieron aplausos— y la gente empezó a crear una lenta comitiva tras ella, sorprendí de nuevo a mi muchacho mago: tomaba en aquel momento la dirección opuesta al paso, por Palomares. Me enfrenté a una decisión tan arcaica como el cerebro humano —¿magia o religión?, ¿chamanismo o fe?—, y elegí de inmediato desobedecer a la mayoría y perseguir al evanescente chiquillo.

Naturalmente que fue inútil. Habrá comprobado ya lo difícil que resulta caminar con rapidez por el pueblo: un remanso de saludos, encuentros dispares y personas que se acercan desde todas las dimensiones impide la premura con la misma sutil languidez que experimentamos en ciertas pesadillas. El laberinto de los obstáculos no sólo se produce en las aglomeraciones, de ahí su misterio: incluso en las madrugadas en que el pueblo parece muerto, individuos estratégicamente situados entorpecen cualquier intento de velocidad. Este ritmo oleoso de Roquedal es lo que hace que la gente parezca —como insinúa en su última carta— desfilar con pies de plomo en una inacabable procesión, al son de tambores íntimos, por las calles solitarias, repletos de pausas, como si tuvieran marcada de antemano la «carrera oficial» y fuera inútil apresurarse. Por ello, arribé a Palomares después de lo que me pareció una eternidad, acezante, y ya no hallé ni rastro de la escuálida silueta. Como me disgustaba que tan modesto propósito se frustrase, eché a correr cuesta abajo sobre los grandes bloques de piedra de la acera, sorteando la impasible geometría de las mecedoras —temía ofrecer el espectáculo de una caída—, por ver de atrapar a mi escurridizo amigo en una de las bocacalles cercanas, pero en vano. Me detuve por fin ante dos ancianas apostadas en sendas sillas junto a un portal pintado de verde, una de ellas con las piernas cilíndricas y veteadas de varices. Me miraban con cierta sorpresa y cierto reproche; parecían pensar: «¿Correr aquí? ¿Para qué?». Y por eso me detuve. ¿Correr en Roquedal? ¿Para qué? Atajé por Mazo a paso normal, llevada por la simple intención de dar un rodeo y regresar a casa. Y eso fue todo. Supongo que usted (que, según parece, me vigilaba) se habrá burlado de mí a más y mejor, pero piense que yo también me burlé de mí misma, y eso le enfriará la risa.

Cese de reír riéndose.

* * *

Estimada señorita. Debo confesárselo: mi identidad es tan liviana que podría decirse que no existo, pero usted, que me ha discernido en el inextricable tapiz del pueblo, ya no puede dejar de percibirme. A fuerza de no ser nada, soy inevitable. Un asesino es un ser levísimo. Matar es aún más tenue que morir, porque ni siquiera es el destino sino su cumplimiento. Le adjunto un modesto poema en prosa que, confío, será de su agrado. Siendo, como es, escritora, no me enfadará que lo plagie: firme usted, si quiere, mis creaciones, a cambio de cederme la autoría de su destrucción.

Poema

Un día, Roquedal amanecerá silencioso y blanco como un pueblo amortajado. Habrá olor a flores de funeraria por las calles. Despertaremos como lápidas, nos erguiremos rígidos y alabastrinos en las sillas, los balcones, las camas, las cunas, las mecedoras. Los perros vagabundos se alzarán petrificados como ángeles custodios. Las paredes de cal se esponjarán de nichos negros. El mar, ya viejo, perderá los dientes de las olas.

No desperdicie su tiempo en buscarme. La identidad de un precipicio consiste en caer.

* * *

Mi inestimable ángel caído. Voy a exorcizarle.

He urdido el método preciso: demostrarle que soy la cocinera y usted la receta, el manjar que, por ahora, sólo existe en los papeles, aunque pueda ser saboreado en un futuro próximo.

Método de exorcismo

Ayer salí temprano de casa por cumplir con el ritual del café de los sábados, olvidando que éste era Santo y el bar de la Trocha se hallaba cerrado debido a la muerte de Dios. Deambulé entonces por las calles empinadas, percibiendo una confusa simbiosis de olas y campanas y comprobando, como siempre, que en Roquedal no existe la soledad exacta pues sobra siempre un resto de presencias: un ladrido suelto de perro invisible desde un patio, el maternal desorden de unas gallinas o las sombras aristadas y fugaces de las palomas. Remontaba una costanilla sin nombre, un trayecto que da a los solares por un lado y a las ruinas por otro y que en su misma cúspide no parece sino que alcanza la cima absoluta de la nada, cuando vi venir desde su altura al mago adolescente de mi tarde anterior.

Huelga decir que lo reconocí de inmediato: melena azabache de gitana; chaleco cuajado de *pins*; pantalones ceñidos como calzas renacentistas de un raro color calostro; botas polvorientas de soldado. Llevaba aún la delgada rama con la que había dispensado alegría el día previo. Al pasar junto a mí, se detuvo y me sonrió: la brisa le embozó aquella sonrisa artera con su propio pelo. Extendió la mano izquierda abierta.

—¿Me das algo? —dijo.

—¿Cómo te llamas? —indagué con cautela.

—Como tú quieras. —Se azuzaba el muslo con la vara.

Por extraño que le parezca, su respuesta no me intrigó. En la ciudad he podido comprobar que la gente vende cosas más íntimas que el nombre. Decidí no bautizarlo en aquel momento.

—¿Vives en Roquedal?

—No.

—¿De dónde eres?

—Del lugar que más te guste.

Sonreí. Apenas le veía el rostro: él no se apartaba el antifaz vivo del pelo.

—¿Y por qué te voy a dar algo? ¿Qué es lo que sabes hacer?

—Soy mago. —Y repitió, con honda gravedad—: Mago.

Una repentina ráfaga de escalofríos fusiló mi espalda.

—¿Y qué trucos conoces? —dije, azorada por la coincidencia.

—Me hago invisible. Tú dame algo y ya verás.

Me brotó la espadañada de una risa nerviosa.

—Seguro que sí. ¡Seguro que te harás invisible en cuanto te dé algo!

Hizo refulgir una hilera de sorprendentes y compactos dientes blancos. Saqué unas monedas de mis tejanos.

—Pues venga. Aquí tienes.

Las guardó en el chaleco y se despejó la cara por primera vez.

—Cuando sea mayor —dijo con otra voz y otro acento que me helaron la sangre—, aprenderé a tocar la flauta y pintaré cuadros muy raros. Después me mataré con mi moto en la carretera.

Y desapareció en el aire.

La hierba alta del solar frontero —hendida un momento antes por el obstáculo de su cuerpo— osciló como un péndulo de reloj de pared contando los segundos que estuve paralizada. Cuando pude moverme y reanudé mi camino, esta vez de regreso a casa, pensé: «Era un recuerdo de Luis. Los fantasmas no existen, pero los recuerdos sí, y poseen idéntica apariencia. He venido a este pueblo a olvidar cosas muertas, pero sólo he conseguido resucitarlas». Usted opinará, sin embargo: «Como buena escritora, ha inventado esta historia para inquietarme». Yo le respondo: «Es cierto en parte (sólo en parte, porque lo que se escribe pertenece por derecho propio a la realidad; de lo contrario, ¿cómo podría creer en usted, si sólo lo conozco a través de lo que *escribe*?), pero no pretendo inquietarle sino exorcizarle, porque si usted es únicamente sus palabras, entonces es que *puede* ser borrado. Una palabra no posee más peso que un papel, y cuando se abre la ventana la brisa del mar hace volar los papeles. Así ocurre con mi Mago Negro, que vuela y desaparece de la misma forma que ciertos recuerdos. Nada pueden las hojas frente a

* * *

Estimada señorita. Jugamos un juego infinito que carece de ganadores. Yo podría decirle que

* * *

Bueno, basta. Hasta aquí llegó mi paciencia. Ya me aburre inventarme, con nocturnidad y alevosía, las respuestas atormentadas de un misterioso «señor» que busca mi muerte, abandonarlas en el muro que rodea mi casa y fingir sorpresa cuando «encuentro», por la mañana, una carta sin remite en el lugar de siempre. El juego ha tenido su motivo y su deleite, pero cuando un juego cansa, deja de serlo.

La idea se me ocurrió hace cuatro meses, paseando solitaria por el pueblo mientras pensaba en el argumento de mi próxima novela: una solterona recibe misivas anónimas de un individuo que amenaza con matarla. Lo intrigante es que la protagonista no denuncia al psicópata; por el contrario, inaugura con él una especie de epistolario surrealista. Imaginé entonces el aparente desatino de escribirme cartas a mí misma imitando ambas voces, verdugo y víctima, y experimentar en carne propia lo que la solitaria mujer de mi historia tendría necesariamente que sentir. ¿Cómo sería esa correspondencia? ¿Qué cosas podría contar a un desconocido que quisiera matarme? Pensé que equivaldría a dialogar con mi propio miedo, una especie de descabellado psicoanálisis: Bellow dice en *Herzog* (cuyo protagonista, por cierto, también inventa cartas) que un asesinato mental diario lo libra a uno del psiquiatra; habría que inferir de ello que el suicidio mental nos cura por completo. Sin embargo, escrúpulos de cordura me impidieron hacer realidad el proyecto hasta dos días después, una noche como la de hoy aunque mucho más fría, encandilada por un Faulkner seductor que se me acercaba con pasos de Negro.

Mi estado de ánimo y mi conocimiento del mundo proceden casi por completo de la palabra impresa; según qué libro esté leyendo en un momento dado, así será mi respuesta a los misterios de la vida. Cuando no escribo, soy traductora, lo que también significa que soy médium: sesiones de espiritismo sobre una mesa, prestando mi voz a las palabras muertas. Pero a veces, al calor del lenguaje, el ánima que me posee no me abandona del todo cuando finalizo mi tarea. La noche a la que me refiero me hallaba repasando el libro en el que trabajo —*Light in August*—, cuando de repente percibí la existencia fuerte, el tibio aliento de las criaturas de este gran caballero del Sur.

La casa que he alquilado en Roquedal posee un cuarto pequeño cuya ventana, de marco blanco, se abre a la línea de playa. Por la noche el cristal exhibe un rectángulo negro con cuerpos celestes débiles que reconozco como barcas de pescadores. He atiborrado la habitación de libros; me asedian por las cuatro esquinas. Trabajo en una mesa de madera artificiosa, de esas que venden por piezas con los orificios de los tornillos preparados, que traje sin armar desde Madrid. Ocupo una silla del color de las heridas cicatrizadas que no conseguí por piezas porque ya estaba en la casa cuando la alquilé, y que no es excesivamente cómoda ni incómoda. Uso una estilográfica ni conocida ni lujosa, pero sí buena, de punta afilada como una aguja (evento raro y doloroso es dañarme con mi propia pluma). Escribo vestida tan sólo con mi bata de baño, después de ducharme; es bermellón y llega hasta mis tobillos —una túnica—, pero cruzo las piernas y la aparto. Existe, por lo general, un silencio asombroso cuando trabajo (me mudé a este pueblo porque venía buscándolo; ahora me impone), tan profundo que no puedo pensar en él: tampoco sería capaz de asomarme a un abismo. Sin embargo, el silencio es una forma de sonido helado, y el calor lo derrite y se oye. Ahora que comienza mayo y la ventana está abierta, escucho la estropeada gramola del mar y el diminuto suicidio de los insectos contra la bombilla del flexo, que es la única luz que me permito. Aquella noche, sin embargo, la ventana se hallaba cerrada, enero agonizaba y hacía frío y llovía incluso aquí, en esta aldea blanquiazul del sur. Pero yo me encontraba tendida bajo el sol de agosto, en los jadeantes establos de William Faulkner.

Fue entonces, exactamente entonces, cuando tuve aquella —¿azarosa?— tentación. Principiaba la traducción de los capítulos en los que se narra la relación entre la señorita Burden, solterona abolicionista, y el híbrido Joe Christmas, con su blancura manchada de antepasados negros, a quien ella llama «Negro» en sus frenesíes. La señorita Burden vive sola, enjaulada en su memoria, perdida como una isla en un océano de esclavos y amos. Con ella se extingue la estirpe. El Negro Christmas llega a su casa con pasos de león africano, también solitario, sinuoso, esbelto, trágico; lleva en sus ojos el destino sureño como una marca de fuego en la espalda de un esclavo; su silencio es de campo de algodón. Ambos se parecen en algo: lo Negro arde en su interior. Son negros íntimos. Ella se relaciona de forma extraña con él: le deja comida en la cocina como lo haría con un gato grande; no renuncia a su contacto pero tampoco lo reclama; le escribe cartas que esconde en un poste hueco cerca del establo, y que le ofrecen pistas sobre dónde podría hallarse ella, como en un juego del escondite. Él la busca por toda la casa, a oscuras, y a veces la encuentra oculta en un armario, *waiting, panting, her eyes in the dark glowing like the eyes of cats,* y a veces en el campo de los alrededores, con la ropa desgarrada, esperándole.

La soledad es una extraña compañera de cama. Vivir con ella es como caminar sonámbula. No sé en qué momento de aquella noche, ni por qué razón —los ojos ardiéndome de Faulkner—, alcé la pluma con la mitad de una palabra interrumpida y dirigí la húmeda —negra— punta hacia otro cuaderno, iniciando la primera carta de mi asesino Negro, que ya sólo conservo en la memoria, aunque implacable:

> Estimada señorita. Voy a matarla. No le diré cuándo ni cómo, pero confíe en que lo haré. Usted no me conoce, yo a usted tampoco. Pero hemos coincidido de esta forma: habrá una colisión, y mi cuerpo, más fuerte, la destruirá. No me mueve la codicia, ni siquiera el placer Mi deseo de matarla tampoco es intenso. Pero es puro. Yo estoy hecho sólo de su muerte; soy una veta profunda de su crimen. Acepte esta misiva como el comienzo de nuestra relación. Denunciarme sería tan inútil como denunciar que algún día morirá.

Naturalmente que no fue una tragedia. Nada es trágico en la soledad: todo lo que hacemos cuando estamos solos nos hace reír en el fondo. Cogí un sobre de la estantería y guardé la carta sin leerla. Entonces salí de casa. Envuelta tan sólo en mi bata de baño, la sensación fue como si me arrojase al mar: el sonido, el frío, incluso el vértigo. Mis ojos traspasaron la profundidad.

La casa donde vivo aquí en Roquedal posee dos plantas, tres dormitorios, un espacio para el perro o el gato en la parte trasera y un huerto en la delantera con varios naranjos enfermizos. La cancilla del huerto se prolonga con una tapia, un muro de piedra de baja altura que nada protege, nada oculta y nada previene. Abandoné la carta en una esquina del muro, asegurada con una pequeña piedra, en la posición en que se dejan los regalos, a conciencia, mostrada como algo blanco y rectangular que alguien colocara con el único propósito de que otra persona lo advirtiera. Deseaba recibir al día siguiente el impacto del hallazgo ficticio.

Dio resultado. Por la mañana me encontré, me leí y soporté un escalofrío. Contemplé el mar, que ya lo era, quiero decir, que ya no era parte de la oscuridad sino una autonomía turquesa más allá de la pequeña línea de árboles secos, y pensé: «Así que incluso aquí puedo sentir temor». Pero fue como si el temor cobijara otras emociones, aún indefinibles.

A partir de aquel día adquirí la costumbre de escribirme y responderme, al menos, un par de cartas a la semana. Conforme conocía a las gentes del pueblo, gustaba de especular con la identidad oculta de mi asesino. La primavera comenzó muy divertida gracias a esta lúdica manera de elaborar un diario. Cuando me asaltaba de nuevo el sentido de la realidad y frenaba la pluma con la voz de mi Negro, me agradaba pensar, con la señorita Burden: *Don't make me have to pray. Dear God, let me be damned a little longer, a little while,* no me obligues a rezar, déjame en pecado un poco más, Dios mío, y comenzaba otra carta:

Soy un tren imposible, una máquina negra que trepa velocísima por la vertical de un precipicio: y usted cae por él hacia mí.

Pero vinieron malos tiempos: la muerte en accidente de Luis Blasco, por ejemplo, el pintor que aún creía en el LSD. Fue extraño, porque apenas lo conocía, pero al enterarme de la trágica noticia —hace ahora dos meses— sólo pude escribir con la voz de mi Negro y amordacé a la señorita Burden. «En Roquedal *nadie* debe morir», pensaba. «Todo lo que suceda aquí, todo el ruido y la furia, ha de ser ficticio. He venido a Roquedal para iniciar una crónica fantástica de mi vida. Aquí sólo debe ocurrir aquello que se escribe.» Pero no pude dominar mi aprensión a partir de la muerte del pobre Luis.

Después regresaron los recuerdos.

El mar, que es una vacilación constante, te contagia. Anoche ya no quise escribir más cartas anónimas. Tampoco quise la luz, y apagué el flexo. Penetraba un poco de resplandor lunar por la ventana, pero no me permitía leer. Sin embargo, mi pereza me impidió devolver los libros a la estantería y permanecí sentada ante ellos, asombrada de lo misteriosos que parecían, apilados en un inútil montón sobre la mesa, cerrados. Pensé: «No. No puedo huir de los recuerdos con fantasías». Y hoy

* * *

Estimada señorita. A pesar de su falacia, el juego de la identidad puede resultar interesante en algún momento. Yo no la engaño, pero no puedo impedir que usted se engañe conmigo. Razones tendrá para ello y yo ninguna para desmentirla, ya que su error puede no concluir (es posible que muera equivocada con mi identidad), así que, ¿qué importancia tiene un error que dura toda la vida? Si existen verdades breves, ¿por qué no errores eternos? El hecho ineludible es que va a morir:

yo la mataré. Y, sobre esto, ¿qué se puede razonar? He aquí un sencillo ejercicio de lógica.

Ejercicio de lógica

Si no podemos razonar, tampoco podemos *equivocarnos.* Es decir, si no hay razonamiento posible, no hay error posible. Por tanto, todo aquello en lo que podríamos fallar es *intrascendente*, y lo único importante y cierto (su muerte) es *infalible.*

Contemplado el tema desde esta perspectiva, se impone emplear nuestra relación, o su preámbulo, en lo que más le agrade: escríbame o deje de hacerlo; rompa mis cartas o léalas con avidez; juegue a buscarme o ignóreme por completo; crea, si le apetece, que yo soy *usted.* Haga algo, señorita, que la consuele por fin de lo inevitable. Recuerde que «perder el tiempo» es una justísima metáfora de la muerte.

* * *

Manolo: eres un cabrón. Me has dado un susto terrible. Soy muy miedosa para todo lo que atañe a la realidad, ¿no lo sabías? Cuando descubrí ayer tu carta en el lugar exacto del muro donde dejaba las que me escribía a mí misma casi me desmayo. Afortunadamente, te había visto la noche anterior rondando por los alrededores, y no me fue difícil resolver el misterio tras algunas horas de tila y prudente reflexión. Pero que sepas que el peor susto te lo hubieras podido llevar tú, ya que al principio me entraron ganas de coger tu anónimo y presentarme en comisaría, ¡tan horrorizada estaba de que mi fantasía se hubiera hecho realidad...! Ahora me parece una idiotez, pero en aquel momento no podía ni siquiera pensar en lo que estaba haciendo, porque el miedo nos traiciona la razón.

¡Te has vengado de mi cinismo con mis propias armas! Ya sé que no puedo reprocharte nada, pero dime, por favor, quién te mandaba espiar mis sueños por el ojo de la cerradura. Es verdad que los sobres, que sin duda hallarías por casualidad cualquier noche pasada en el muro, no tenían remite ni destino. También reconozco que, hablando estrictamente, no se encontraban *en el interior* de mi propiedad sino en el límite. Pero aun así, dime cómo has podido cogerlos, leerlos y dejarlos en el mismo lugar, una y otra vez, sin decirme nada. Oh, Manolo, cabronazo. La lectura atenta de tu carta me permite deducir que llevas fisgando en mis locuras desde hace bastante tiempo, incluso has logrado imitar con mérito el estilo inexorable de mi asesino Negro. No me atrevo a pensar en todas las cosas que sabrás sobre mí y que no me dices a la hora de las cañas en la Trocha, ni siquiera con tus ojos ensopados de cerveza.

Bien, ¿quieres que formemos pareja en este diálogo subterráneo? ¡De acuerdo! ¿Quién mejor que tú para completar el tándem? ¿Y qué pensabas la otra noche, cuando distinguí tu pelo blanco como un catadióptrico de carretera y tu figura rechoncha pero a la vez quijotesca recortada por la cancilla del huerto? (¡llegué a creer que, conociendo mi horario laboral, venías a visitarme a las dos de la madrugada!). ¿Qué ideas cruzaban por la reliquia de tu cerebro? ¿Quizá pensabas: «Llevo días sin ver el sobre. Vamos a ver qué hace cuando encuentre uno que no recuerda haber dejado. A ver cómo se toma esta nueva carta». Y tu conciencia, muy tranquila, por supuesto: quien deja sus blancas intimidades puestas a secar en el muro de su casa tiene que arriesgarse a que un extraño las contemple, ¿no? Además, seguro que te ha parecido un sistema cojonudo para cantarnos las cuarenta cuando queramos. Expresar las opiniones íntimas como avisos de faro; el otro las ve desde lejos y contesta con las suyas; después, frente a frente, a disimular. Pues bien, como suele decirse, Manolo: será más divertido entre dos. Disimularé, y seguiremos escribiéndonos enigmas.

Dejo esta carta en el lugar de costumbre. Confío en que

usted sea un asesino de palabra —nunca mejor dicho— y no me abandone.

* * *

Estimada señorita. La vi hace dos tardes, al mediodía —una hora del todo desusada en sus costumbres—, subiendo por la Trocha hacia la plaza. Hacía bastante calor, no podía ser menos teniendo en cuenta la hora y el abril que hemos sufrido, y llevaba lo que me pareció un mono azul marino de tirantes y zapatos deportivos. El mono, con ser vulgar, no le sentaba mal a su figura estilizada de pelo castaño cortado casi al rape por detrás. Sin embargo, pensé que tal atuendo no hacía sino acentuar la ya excesiva sobriedad de su silueta, con esa ostensible estrechez de caderas. Me permito indicarle que un vestido holgado y unos zapatos de tacón alto la favorecerían más. Lo cierto es que la seguí hasta verla vacilar al final de la calle Principal. Entonces me percaté de que no quería dar a entender que vacilaba: se acercó a la fuente de la plaza y simuló entretenerse contemplando a los obreros que colocaban la iluminación para las fiestas de los Reyes de Mayo. Permaneció un instante abstraída, tomó bruscamente por Palomares, volvió a recorrer Mazo tal como hizo el Viernes Santo y regresó a su casa solitaria de la playa. Caminaba con tal parsimonia que me distraje por un momento con el espejismo de que me invitaba a seguirla, pero cuando la vi penetrar en el huerto y cerrar la puerta la ilusión se desvaneció. Aguardé tras un árbol. Pasó el tiempo sin que nada más sucediese. Las ramas de los naranjos temblaron con la brisa y las avispas llenaron los aleros del techo. El mar terminó imponiéndose. Atardeció más, y ladró un perro.

* * *

Mi inestimable señor. ¿Y a usted qué le importa lo que hago o dejo de hacer, o si voy vestida de una forma u otra?

Bueno, ahora en serio. Te deslizas con pies de gato en la oscuridad, oh, Manolo. Pero no me sorprende: la noche del mar, temible como el mundo de un ciego, ciñe mi casa por completo y cualquiera puede camuflarse en su interior. Además, mi amoroso insomnio deja de seducirme a las cuatro o cinco de la madrugada, hora en que me zampo dos hipnóticos y me muero hasta las ocho o las nueve, cuando vuelvo a resucitar, así que todo es posible. No obstante, el hecho de *no haberte sorprendido ni una sola vez* delinquiendo en el muro con tus cartas (ni en esta última ocasión ni en la precedente) me ha parecido poco divertido, y me han entrado ganas de romper la baraja y terminar con el juego (no me gustan los misterios *de verdad*). Pero esta mañana, cuando quise comunicarte mi decisión, sucedió algo que excitó mi cobardía y cambié de idea. Nada más llegar al bar de la Trocha te sorprendí chismorreando de política con Joaquín, que te soporta con toda su santa paciencia, el pobre; sostenías un botellín de cerveza aunque parloteabas como si tu cuerpo sostuviera muchísimos más, y tardaste en advertirme; entonces me saludaste con un horrísono «¡Doña Carmen!», provocando la risa boba de tu comparsa. Te devolví el espantoso saludo con la mano, en un silencio más que significativo, pero al mismo tiempo pensé: «¿Y *si no eres tú* quien creo que eres?».

Tu aspecto de borrachín mañanero, soltando coces contra la política del gobierno, no me cuadró con el extraño lenguaje de tus cartas. ¿Y si es otro el que creo que eres tú, y tú no eres el que creo que eres? ¿Quién me escribe entonces? Después hiciste algo que me alivió: te marchaste con enigmática rapidez y ni siquiera quisiste compartir la primera caña conmigo. Parecías opinar: «Ahora que ya podemos escribir lo que pensamos, ¿para qué hablar?».

He optado por continuar con la farsa, ya que me siento fecunda en el buen sentido de la palabra, quiero decir, en el más abstracto. Tus anónimos me han arrancado de la vida vegetal que soportaba, y ahora me dedico con todas mis fuerzas a perfilar la traducción de *Light in August* y a esbozar mi novela, cuyo tema es el siguiente:

Tema de novela

Una escritora se instala en un pueblecito costero con el fin de hallar inspiración para su próxima novela, cuyo tema es el siguiente:

Tema de novela II

Un asesino envía cartas a una mujer solitaria, invitándola a responderle.

Tema de novela I (continuación)

Para inspirarse, la escritora mima los detalles de su fantasía: escribe los supuestos mensajes del «asesino» y sus respuestas, y los abandona en el muro de su casa para «hallarlos» al día siguiente; pero, tras varios meses de invenciones, se harta del juego y decide finalizarlo. Y es entonces cuando las cosas *se ponen interesantes*, porque *alguien*, un vecino del pueblo, ha estado leyendo a escondidas esa extraña correspondencia unívoca y se dispone a continuar la trama adoptando el papel de asesino. Lo más curioso es que la escritora, tímida como todos sus colegas a la hora de enfrentarse a la realidad no imaginada, accede a prolongar la diversión con el aliciente de la mano anónima que ahora le escribe *de verdad*, y...

Pero el final no lo he decidido aún, así que tendrás que esperar nuevas entregas, Manolo. Comprendo que al lector le surgirán algunas dudas.

Dudas del lector

Pensará el lector: «¿Qué intenciones tiene este *vecino*? ¿Concibe el juego tan sólo como un espejo de la fantasía de una escritora a la que quizá admira? ¿Acaso pretende llevarlo hasta el final, con todas sus consecuencias? ¿Y por qué alguien iba a pretender eso? ¿O bien —¡delirio inmenso de la literatura!— se trata todavía de la misma escritora, que intenta confundirme? ¿Se ha vuelto loca? No obstante...». Compadezco al desesperado lector llegado este punto, Manolo, porque la irrealidad se filtra como la niebla, basta una rendija: «Si la escritora se lo inventa todo, ¿por qué no se va a inventar también el pueblo? Y si el pueblo es ficticio, ¿por qué no ella misma? ¿Y por qué no *yo*, su lector?». Terrible y desconocido tormento es leer lo que otro maquina. A mí me ocurre eso contigo, Manolo, que no sé qué es lo que inventas y qué lo que afirmas con seriedad, y tampoco sé si lo que afirmas con seriedad es inventado (porque la seriedad nada tiene que ver con la existencia de las cosas, ya lo decía Nietzsche), y ni siquiera sé si lo que inventas es serio y, por tanto, si merece el esfuerzo de mi reflexión.

Las últimas líneas van dedicadas a mi «asesino».

Carta a mi asesino

Señor. Usted no quiere matarme. Su «broma», si de eso se trata, estriba precisamente en todo lo que sucede «antes». Le interesa observarme sometida a su lamentable amenaza, estudiar mi reacción ante ese destino supuestamente cierto. Y, mientras tanto, le apasiona filosofar, fingir, esconderse, seguirme, vigilarme, hacerse el modisto, el poeta y el loco. Concedamos que quiere ganar tiempo, pero ¿para qué? ¿De qué manera funciona una burla que no hace efecto? Si yo he decidido prolongar este juego con mis propias cartas es porque quiero, así que ¿qué satisfacción encuentra usted en obedecerme? Ni siquiera la idea de mi asesinato resiste la más elemental de las deducciones. ¿Matarme usted? ¿Y matarme por qué? Incluso un loco tiene motivos, por absurdos que sean, para hacer lo que hace. ¿Cuáles son los suyos? No seguiré indagando, que me da usted más pena que un niño pobre.

En sus cartas me anima a preguntarle; pero sin ofrecerme respuestas, tal costumbre se extingue por sí misma.

* * *

Estimada señorita. Soy un asesino de pueblo pequeño. Quiero decir, que carezco de motivos. Si los tuviera, aunque sólo fuera uno, probablemente ni siquiera la mataría: me bastaría con odiarla en silencio. ¡No sea fatua! ¿Qué *motivos* podrían explicar su muerte? ¿Qué *motivos* pueden explicar la muerte de nadie? Usted se asombra de mis intenciones, y no se lo reprocho. Pero todo se reduce a un sencillo problema lingüístico —siendo traductora, me entenderá—:

Problema lingüístico

Yo no «mato», yo «*hago morir*».

De «matar» a «hacer morir» va la misma distancia que del criminal al seísmo. Estamos acostumbrados a la calamidad tremenda de la muerte (los innúmeros cadáveres de moluscos que fabrica el mar día a día y que se pudren al sol sobre la arena, o clausurados en el joyero espiral de las caracolas), pero repudiamos la voluntad y los oscuros designios de un pobre asesino como yo —en esa «voluntad», precisamente, reside la condena del crimen—, así que le propongo que piense en mí como en una humilde catástrofe, un diminuto terremoto cuyo epicentro tiembla bajo sus pies.

¿Se percata de su forma de proceder? Antes mi «identidad»; ahora, mis «motivos». ¡Invente los suyos propios! Seguro que no le faltan razones para asesinarse por mediación de un servidor: búsquelas y tranquilícese. Pero dedíqueme su miedo. De nuevo le aconsejo romanticismo urgente.

Ejercicios románticos III

Compre una muñeca de trapo, colóquela en la cama y espíela a ratos perdidos. ¿Qué hace la muñeca cuando usted simula no mirarla? Nada. Pero ¡qué escalofriante vigilarla desde lejos, en un silencio enloquecedor, aguardando a que *haga algo*! Atísbela desde su escondite durante horas y piense: «No se moverá, no sonreirá, no cerrará los ojos siquiera. No va a hacer nada aunque deje de mirarla, porque es una muñeca de trapo. Sin embargo, si dejo de mirarla no podré asegurarme de que no hará nada. Ahora que ya la miro no podré dejar de mirarla, porque jamás comprobaría lo que quiero comprobar, a saber: que una muñeca de trapo no hace nada cuando yo no la miro. Las posibilidades a favor de esta última hipótesis son muy grandes, pero la hipótesis contraria, aunque imposible, es *tan* espeluznante que no puedo prescindir de ella, ya que si realmente la muñeca sonriera y enseñara los dientes o moviera una de sus manitas sin dedos, o sus ojos destellaran con furia en el instante en que yo dejara de mirarla, significaría algo *tan* espantoso que debo tenerlo en cuenta». El horror siempre debe ser tenido en cuenta aunque sea imposible. El horror posee su propia verdad.

Usted, que no conoce, indaga. La guadaña del segador conoce, y por eso calla.

No deje de asistir mañana a la fiesta de los Reyes de Mayo. Yo estaré allí.

* * *

Mi inestimable señor. Si es usted Manuel Guerín (ya no sé qué pensar) recordará tan bien como yo todo lo sucedido. Pero como «el horror siempre debe ser tenido en cuenta», pensaré que es otro quien me escribe (mi muñeca de trapo) y narraré los acontecimientos de ayer con absoluta sinceridad. Sin embargo, me dirigiré a ti, Manolo, porque aún sigo aferrándome a tu grandiosa burla. A fin de cuentas, me da igual: es usted tan poca cosa, señor mío, que me parece que hablo a solas.

Llegué a la plaza abarrotada de sol y de máscaras, invadida de ojos dirigidos hacia el centro, donde giraban la «Reina» y los «Nobles» al son de clarines y tambores, y te divisé, Manolo, ocupando una de las mesitas de la terraza del bar Romeral. Levantaste una mano y me saludaste sin ganas, como diciendo: «No quiero que pienses que este gesto te obliga a sentarte conmigo». Llevabas uno de tus intemporales jerséis, esta vez rojo, pantalones mal planchados color crema y camisa de rayas. La nariz te destellaba como una luz de tráfico anunciando peligro. Sobre tu mesa se alineaban, como muñecas vudú, seis o siete botellines de cerveza vacíos. Me acerqué y dije:

—¿Puedo sentarme?

—Tú verás lo que haces —replicaste, sonriendo sin ganas.

Parecías más serio que de costumbre, aunque la impresión que transmitías era, como siempre, doble: «Observa que sonrío, ya que no quiero que percibas mi seriedad, con lo cual te percatarás de que mi seriedad es muy importante y la notarás más». Acerqué una silla, porque ocupabas la única disponible y no te levantaste, y me puse a contemplar el estrépito. La «Reina» erguía su cabeza de monigote sobre la muchedumbre, dando tumbos; era una figura torpe, hecha a retazos, como el juguete de un gigantesco crío.

—Anda, que si tuvieras que pedirme permiso para compartir una mesa... —Tu tono de voz era de paciencia etílica, aquella que tiene el enfado sujeto con débiles correas.

—Tienes razón.

Nos miramos. Sonreímos. Pensé: «¿Me hablarás ahora de las cartas?». Pero dijiste:

—¿Y esa traducción? ¿Qué tal va?

—No va mal.

—¿La terminas para el verano?

—Debo hacerlo.

Estrangulaste un paquete de cigarrillos después de salvar el último —enfermizo, curvo—; elaboraste todo un ritual para encenderlo con tu viejo mechero metálico; me preguntaste si había visto alguna vez la fiesta de los Reyes de Mayo de Roquedal; la respuesta era obvia; me aconsejaste presenciarla, porque podía ser «una experiencia curiosa para un escritor»; asentí; creamos un silencio a dúo; lo rompiste con una repentina intimidad:

—La verdad, quiero pedirte disculpas, Carmen del Mar.

«Ahora confesarás», sonreí.

—¿Por qué?

—Porque no te he dedicado mucho tiempo estos días, en la Trocha.

—No tenías que hacerlo.

Y de repente me recordaste a mi padre en el instante de un obsequio: la misma sonrisa enigmática.

—Es que me has dado envidia, y me he puesto a escribir...

—¿Ah, sí? ¿Y qué escribes? —¿Percibiste mi sarcasmo? Mi sarcasmo era como un clavel en la solapa, un signo que sólo reconocerías si eras quien debías ser.

—Lo de siempre, mujer. Poemas. Cuentos infantiles.

—Ya.

—¿No te lo crees? —Abriste un poco más los ojos, aunque con esfuerzo.

—Claro que sí.

Los clarines, de improviso, sonaron a grito de niña horrorizada. Se hizo un silencio tenso y me cogiste del brazo.

—¿Quieres ver venir al «Rey»? Ven.

Rodeamos la plaza esquivando a la gente. Yo me dejé conducir sin que tu brusquedad me molestara. Llegamos a la esquina de la iglesia, donde se reunía el público en dos filas, la espalda contra la pared, mirando hacia la costana del fondo.

—Por ahí tiene que llegar —señalaste.

En aquel momento debí presentirlo: empleabas tu más lánguido tono paternal y me sonreías sin motivo aparente. Parecías querer decirme: «Hoy voy a complacerte en todo». Tenías bien calculado el tiempo, porque nada más hallar nuestros huecos entre la multitud escuchamos un fuerte redoble de tambores y aplausos crecientes, como un circo que se acercara.

El Rey

Y por fin lo divisamos, encrespándose por la pendiente. Se movía al pesado ritmo de los mazos, acompañado de sus propios «Nobles». Pasó frente a mí, a la distancia de mi brazo: su rostro blanco y deforme, de pómulos tumorales y mejillas de payaso, poseía una misteriosa dignidad, como las máscaras antiguas; las cejas, bien pintadas, enlazadas en el centro con arabescos venecianos; los labios, femeninos, sonriendo. Escoró la pesada cabeza y sus falsos ojos me abarcaron; me estremecí, aunque sabía que el individuo que hace de «Rey» —mucho más insignificante— se asomaba a unos orificios taladrados en el pecho. La expresión me pareció maligna. El golpe profundo de los tambores me resonó en las entrañas como un colosal embarazo.

—Impresiona, ¿eh? —dijiste.

—Un poco.

Transcurrió una alegre eternidad mientras las dos comitivas se reunían en la plaza. La «Reina» se inclinó ante el «Rey» y sus extremidades, inflexibles, semejaron las patas de un gran insecto. Hubo un breve silencio —de esa clase que acontece siempre cuando el silencio es insoportable—, y el monarca extendió uno de los brazos de palo por detrás de la cabeza de su consorte; la mano, aberrante, parecía ir a estrangularla. Alguien, no sé quién, una voz —después muchas—, gritó: «Arrastráaaaaa!» al tiempo que el «Rey» parecía propinarle un fuerte empujón a la «Reina» —se escuchó un choque de maderas: ¡ploc!— y ambos desataban una tumultuosa carrera por la costana. Los monigotes se deformaron con el ímpetu, los mantos volaron a sus espaldas, los brazos adoptaron posturas inhumanas; tras ellos corrían los «Nobles» —adolescentes con calzas negras y capas—, y la mayoría de la gente que nos rodeaba. Volviste a cogerme del brazo, esta vez con más fuerza, te oí gritar con los demás: «¡Arrastrá!», y nos despeñamos pendiente abajo, siguiendo la monstruosa estela de los Reyes.

—¡Manolo! —protesté.

—¡A la playa!

Fue una carrera absurda, confusa, salvaje, agotadora como todas las buenas carreras —las de la infancia—, inolvidable. Sólo recuerdo un defecto: haber apretado el bolso contra el costado, como mujer de ciudad que soy, mientras te gritaba, sin aliento:

—¿Ésta es la tradición?

—¡Sí!

Naturalmente que llegamos los últimos. Nuestra intención era de las mejores pero la edad se hizo notar. Nos detuvimos en la primera «Parada», en la arena de la playa. Los muñecotes iniciaron un melancólico minueto estorbado por la algarabía. Había un puesto metálico de bebidas, de los que se montan y desmontan según la ocasión, asediado por la muchedumbre, y hacia él nos dirigimos. Atrapaste dos cervezas entre los brazos que se alzaban y las voces fuertes.

—Ahora a reposar un poco —dijiste—, y después a la siguiente «Parada». Así es la fiesta.

La cerveza me supo a cristal. Sólo dejé de beber para jadear; pensaba que el corazón me estallaría como un globo que se infla en exceso; me dolían el pecho y el vientre; creía que un simple pinchazo de alfiler en un dedo me dejaría exangüe: brotaría la espuma de mis arterias como una botella de champán muy agitada. Mi hipocondría se inquietó: «Dios mío, qué ridículo que me muriera ahora mismo. Realmente me habrías matado tú, Manolo». Pero reuní aquellas sensaciones en la cabeza y, tras un breve instante de reflexión, decidí que eran la definición más adecuada que una intelectual como yo puede dar de «ser *feliz*».

—Bueno —dijiste tras el primer buche de cerveza—, traspasados mis sesenta tacos, y aquí me tienes. ¡Aún en forma!

—¡Y que lo digas!

Sin embargo, a pesar de tus palabras, te costaba esfuerzo incluso respirar y tomabas aire entre ellas. Porque hablar es arriesgarnos siempre a sufrir una pequeña asfixia. Hablar es como si no nos importara morirnos: palabras y palabras pronunciadas expeliendo el aire que nos alimenta, derrochando el oro del oxígeno. Por eso yo me callo siempre; temo morirme de un exceso de habla.

—Todos los años participo en «La Arrastrá». Bueno, no todos los años... Hay que tener pareja. A solas, como no arrastres las pulgas...

—Pero tú tendrás una pareja distinta cada año.

—No tantas. —Lograste beber sin dejar de mirarme; la nuez onduló en tu cuello sagrado, lleno de runas—. La de este año es especial.

—¡Sí, porque corre menos!

Lo negaste entre risas, y me pareció que el milagro del rubor teñía tus mejillas agrietadas como si un ángel te lo hubiera regalado. No quise enfrentarme a aquella repentina floración de tu juventud y me apresuré hasta la «Parada» con la excusa de verlo todo en primera fila.

La Reina

La «Reina» ejecutaba una curiosa mímica de clemencia, encorvándose una y otra vez ante el «Rey» mientras alzaba su máscara de porcelana triste. El «Rey», enorme, le daba la espalda con un vaivén sensual de los hombros; no parecía compadecerla. El grupo de tambores y flautas interpretaba una danza que apenas escuché debido al alboroto, pero en la que supe atrapar una fúnebre dulzura. Entonces el sonido se detuvo. Casi sentí cómo la gente contenía el aliento. El «Rey» alzó el brazo y empujó a la «Reina» otra vez —¡ploc!—, y todo comenzó de nuevo.

—¡Arrastrá! —gritaste con los demás.

Y nos arrastramos como un oleaje moribundo hasta la siguiente «Pará», que así se dice aquí. Atardecía, y la oscuridad de los bordes del mar inquietó la farsa. Imaginé un verso repentino. Saltó a mi cerebro como un pequeño pájaro de colores apagados:

Verso repentino

Voy tras el Rey de Mayo,
pidiendo clemencia voy.

Supe que me dejaba llevar por ti para huir de ti. ¿Contradictorio? No lo creas. Pensaba: «No debo permitir el silencio. No dejaré que entre nosotros se ausente el ruido o llegue la intimidad». Tú no te ofendiste: pretendías guiarme, pero en realidad no hacías sino seguirme con cierta obcecación, cierta terquedad de amante abnegado; sólo te detenías para conseguir más cervezas, y sólo dejaste de conseguir más cervezas para presentarme el esbelto y oscuro cuerpo de los cubatas de Coca-Cola. No soy muy aficionada a los cubatas de Coca-Cola, pero esta noche he bebido más de uno. Recuerdo, entre las imágenes dispersas en el vértigo, un detalle gracioso: en el trayecto hasta la última «Parada» fui yo quien te cogí del brazo y eché a correr sobre las piedras oscuras.

—¡Arrastráaaaaa! —grité. Tú, más rígido y más muerto que los títeres que bailaban frente a nosotros, te dejabas llevar con paciencia de padre benevolente.

El último jolgorio se desarrollaba al pie de la ruinosa y legendaria torre de Roquedal, el recuerdo petrificado de algún faro o alguna almena (cerca de allí está tu casa, Manolo, ya lo sé: algún día de éstos tendré que visitarte, maldito bromista, a ver si por fin confiesas). La noche lo había convertido todo, incluyendo el mar, en una única sombra, pero la «Parada» recibía el privilegio de un luminoso cuadrilátero de bombillas, donde proseguía la pantomima.

Bailamos. En una de las vueltas caí románticamente en tus brazos, y abriste la boca sonriendo. Pero tus palabras, si es que ibas a decirme algo, las estorbó el cese repentino de la música, porque a veces el silencio ensordece más que el ruido. Me asomé al cuadrilátero: la «Reina» alzaba su rígido brazo derecho hacia el rostro del «Rey». Simuló que le arrancaba la máscara, pero lo que hizo fue golpearla, y uno de los «Nobles» la desprendió. Se oyeron insultos, obscenidades, abucheos. El «Rey» se volvió hacia nosotros y nos desafió con un rostro que era como el ojo de un huracán.

—Es la costumbre —murmuraste con voz siniestra, formolizada como la de un cadáver—: le quitan la máscara y debajo no hay nada. Bueno, hay escayola pintada de negro.

—¿Y por qué?

Te encogiste de hombros.

—Unos dicen que es una representación en burla de los reyes moros. Otros afirman que es una ceremonia más antigua, una especie de rito en honor de los dioses subterráneos...

—Qué miedo.

—Nadie conoce muy bien el origen de esta fiesta, pero es interesante, ¿verdad? Escribe sobre ella, tú que eres escritora...

—¿Y tú no? —sonreí.

Un golpe de tambor me destrozó la pregunta. El «Rey» se tambaleaba en solitario, enfrentándonos con su cara socavada de luna nueva. El Mediterráneo, diseminado de barcas, yacía detrás, y aquel semblante cóncavo semejaba uno de sus trozos: un mar oscuro, no un cielo oscuro, un mar negro, no exactamente un cielo negro, porque había defectos —escayola— que simulaban movimiento. «Oscuridad pero forma», pensé. «Como el gato de la Virgen, o como el muchacho mago, o como todo Roquedal; como tú —usted—: algo que se ve y no se ve, velado por su propia existencia.»

Tambores y aplausos resonaron dentro de mi cuerpo como trompetas del Juicio, despertándome.

—Se acabó —dijiste.

Regresamos por la playa más nocturna, escogiendo la soledad. Yo sabía que habíamos fabricado un recuerdo, lo supe con la certeza de un profeta. Hay cosas que ya *han sucedido* mientras suceden; que, siendo, fueron; impresiones que se te quedan detrás, como elegidas para formar la memoria. Sentí cansancio ante esta vida invisible que se levanta a nuestras espaldas como las olas mientras nadamos hacia el mar profundo, esta vida llena de pérdidas, porque todo recuerdo es también aquello que ya no es. Aquello que está y no está.

—Bonito nombre —te oí decir—: Carmen del Mar. ¿Por qué te pusieron Carmen *del Mar*? Nunca te lo he preguntado.

—Porque nací en Madrid —respondí con toda mi risa estúpida de fin de fiesta. Temí convertirme en el tema de tu improvisada conversación y volví a reírme para distraerte. Tú entraste al trapo de mi alegría y me imitaste, pero tu risa finalizó en un silencio hondo.

Caminábamos —ya era imposible correr y muy difícil caminar— abrazados, en la fortísima intimidad del alcohol y la náusea. Y ése fue el instante que elegiste para espetarme tu cariño:

—Por cierto, en septiembre me voy unos días a un pequeño pueblo de los Pirineos. Unos amiguetes me prestan una casa en plena naturaleza. Ya he estado otras veces allí, y te aseguro que la experiencia es maravillosa...

—¡Qué bien! —dije. Yo distaba de hallarme a la altura de tus intenciones: pretendía desgarrar una invencible rodaja de salchichón sobrante de una de las incontables tapas que habíamos consumido—. ¡Cuánto te envidio!

—Precisamente quería invitarte a venir conmigo.

No se deben decir estas cosas cuando tratas de destrozar con la boca un pedazo de embutido, sea salchichón, chorizo o similar. Estuve a punto de atragantarme: me reí hasta que los ojos se me nublaron y sólo pude distinguir frente a mí una réplica impresionista de tu rostro en la penumbra de la playa. Tú no te reías.

—Lo siento —dijiste.

—No, no, qué va. Es que así, de pronto...

—No me hagas caso.

—No, no, es que...

Mi cruel diafragma temblaba todavía cuando me limpié los ojos con el dorso de la mano y volví a ajustarme las inseparables gafas.

—Estoy superocupada este verano, Manolo, lo siento. La traducción de Faulkner... Tengo que entregarla justo en septiembre. Te lo agradezco, pero...

—No es necesario que me des explicaciones.

—Te lo agradezco de verdad.

Hubo una pausa entretenida por el mar y el bullicio cada vez más lejano. Te detuviste frente a las olas y me dejaste imaginar tu sonrisa.

—No te habrás mosqueado, ¿eh? —murmuraste.

—¿Mosquearme? ¿Por qué?

—No soy un viejo verde, te lo juro... Bueno, soy verde, pero no viejo.

Volví a reírme, esta vez con tu beneplácito, y ello te condujo a la ruina de insistir:

—Te lo digo en serio. Yo no te molestaría, Carmen del Mar. La casa es grande. Tendrías una habitación privada para ti, para...

Hablé al mismo tiempo, bruscamente sobria:

—Gracias, Manolo, de verdad. Prefiero quedarme.

Suspiraste —un suspiro breve y violento, casi una tos, como si te negaras a ser dulce incluso entonces— y volviste la oscuridad de tu rostro hacia mí.

—En fin. Han sido unos Reyes de Mayo muy bonitos.

—Lo mismo digo —asentí.

Nunca he sabido por qué se revelan las cosas más importantes en la penumbra, generalmente tras el vaho del alcohol y el cansancio; o en la oreja del otro, como un veneno; o en el momento inmediatamente posterior al sexo, bajo las sábanas, mirando al techo; o arrodillados tras una rejilla. Lo cierto es que siempre te quedas sin capturar las expresiones de una confesión: nunca llegas a saber si el otro llora, o si sonríe con amargura, o si sus facciones se relajan, o si te mira o te rehúye.

Tu rostro, Manolo, era un Rey Negro de Mayo.

Las últimas palabras de esta carta van dirigidas a mi asesino.

Carta a mi asesino

Escribo esto a las cuatro y media de la madrugada. No es para usted, aunque usted lo leerá. Su amenaza y mi tranquilidad no son respuestas sino monólogos. Ninguno de los dos espera que el otro reaccione, sólo que sepa lo que pensamos. Quizá ahí reside el secreto: que usted sueña con matarme; yo, con ignorarle. Como ambos debemos soñar, usted no puede matarme ni yo ignorarle, y por eso escribimos. Pero no sé por qué hoy, a estas horas y con el torbellino del alcohol y el baile encima —quizá por esto mismo—, se me ocurre que la nuestra es la mejor comunicación a la que pueden aspirar dos personas: lejos entre sí, sabiendo que el encuentro es imposible pero llenando el vacío con palabras que no tienen destino. Cuando escribimos *para* alguien escribimos *mentiras* (discúlpeme si es ahora la novelista la que le da clases al respecto); sólo decimos la verdad frente a las sombras. Así que miro hacia las sombras y me dirijo a ellas. Estimadas sombras.

* * *

¿Por qué no un pañuelo también? Tacones altos, maquillada, un pañuelo al cuello. El pañuelo podría ser blanco, si usted guarda siquiera el más ligero afecto por mí, o negro, atado al brazo, si me odia. Hablemos mediante símbolos sin significado; escribamos mentira tras mentira hasta llegar, por pura probabilidad, a una verdad involuntaria. Sobre todo, imagine. Supongamos que soy Manolo Guerín, como usted cree. ¡Piense en mi diversión cuando la vea salir dócilmente vestida según mis instrucciones! ¿Quiere percibir el *peso* de un pañuelo atado al cuello? Úselo ahora mismo y recuerde que lo hace por *obedecerme.* ¿Quiere probar la altura exacta de sus tacones, medir cada paso? Salga con ellos ahora. Pero mejor aún: no me obedezca, imagine que se *rebela,* que no los usa porque pretende desafiarme; reconocerá que es otra forma de usarlos; notará la *ausencia* del pañuelo como un suave frío de serpiente en el cuello; el espectro de sus zapatos de tacón le alzará los talones. Negar es también afirmar. El sólo hecho de que yo *estoy,* ¿acaso no influye en sus decisiones? Si elige ignorarme, ¿logrará olvidarme? Si me olvida, ¿podrá impedir que mi recuerdo llame alguna vez a su puerta? Incluso si no le escribo más, ¿dejará por ello mi insignificante presencia de influir en su camino? De no haberse dado mi existencia, señorita, la suya sería otra. Ni siquiera me preocupa ser un asesino tan inútil: la vida de una víctima también es insignificante. Suponiendo, en contra de toda evidencia, que yo no la matara, que sólo le escribiera cartas como ésta, fácilmente olvidables, usted ganaría la muerte de igual forma. Soñando con asesinarla, *la asesino. A* diferencia de los zapatos de tacón, desobedecerme en esto sería únicamente *postergar* su obediencia.

He aquí una verdad evidente. La única.

Verdad evidente

Usted morirá.

Hable con Francisca Cruz, Amparo Mohedano y Eulogia Ramírez. Ellas le revelarán otra verdad evidente. A Eulogia la encontrará mañana por la tarde en la iglesia, a las cinco en punto.

* * *

He visitado varias veces la iglesia de Roquedal, y siempre me ha parecido que era el mar. La sensación se agota cuando pasa el tiempo, como si mi imaginación se acostumbrara a ella igual que los ojos a la penumbra. Hay varias cosas que son el mar sin serlo: el nicho lapislázuli de la pared del altar, que ampara la delicada figurita de Nuestra Señora de Roquedal, la polícroma patrona de los pescadores del pueblo; pero también las maderas que forman la gran cruz, procedentes, afirma la fábula, de las cuadernas de una vieja carabela de las Indias que naufragó en las cercanías y cuya tripulación vive aún bajo las olas del espigón (Manolo desmiente que tal leyenda exista, porque en Roquedal hay leyendas de leyendas); y la piedra desportillada de las paredes; y la gruta de la Virgen del Gato, excavada en un lateral sobre roca esponjada. Pero la sensación, como digo, desaparece pronto, y sólo queda la mancha del recuerdo y la percepción auténtica de una vieja iglesia de pueblo, con sus esquinas misteriosas y sus figuras veneradas.

Cuando llegué, un poco después de las cinco, ya había comenzado el oficio, y un pequeño ejército de mujeres tenebrosas repetía: «Señor, ten piedad», mientras Fernando, el párroco, rodeado de monaguillos, admiraba un enorme libro abierto sobre el altar. Decidí aguardar afuera, ya que supuse que Eulogia saldría con las demás cuando acabara la misa. Entonces mis ojos descubrieron el papel clavado con chinchetas en el tablón del vestíbulo:

Misa por el Eterno Descanso de
Eulogia Ramírez Manzano (q.e.p.d.).
27 de mayo. 5 de la tarde.

Sentí un levísimo mareo, tenue como un recuerdo, y hube de sentarme en las escalinatas de la entrada.

La plaza, atacada por el sol, se hallaba casi desierta. Dos camareros se afanaban instalando la terraza de un bar, pero sobre aquel breve desorden metálico se extendía un soberano silencio azul. La espantosa belleza de la tarde fue quizá la responsable de que no sintiese demasiado miedo, o de que el miedo me floreciera dentro, haciéndose lindo. «Eulogia Ramírez ha muerto y yace en una de estas casas, tras el mármol de las paredes», visioné, hipnotizada. Ella misma riega los geranios de su lápida y se asoma por las rejas de la ventana como un cadáver tímido. No sé cuánto tiempo permanecí sentada en las escalinatas, parpadeando ante aquel soleado limbo. Recuerdo que empezaron a desfilar en silencio mujeres negras y deduje que la misa había concluido. «Pero yo he venido a saber de Eulogia», pensé y decidí entrar.

Peces abisales nadaron en mis ojos por el contraste con el resol exterior. Hallé la sacristía tras una puertecita marginal y me sorprendió comprobar que la habitación era espaciosa y había sido decorada con detalles de hogar. Fernando se ocupaba de atornillar una pequeña percha a la pared (parece imposible sorprenderlo inactivo; es un hombre que vive para perfilar el mundo), y ya no llevaba sotana sino una camisa abierta de manga corta, el espectro de una camiseta de tirantes y pantalones marrón oscuro; desde la puerta me rodeó su olor a colonia.

—¿Se puede? —dije.

No vaciló un instante, como si me hubiese estado aguardando.

—¡Doña Carmen! ¡Pase y siéntese, que acabo enseguida, mujer!

Una anciana etérea y bajita, una sombra reducida de mujer, doblaba los hábitos religiosos sobre una mesa. Me dedicó una breve miradita y continuó su labor en silencio. Tras concluir con la percha, Fernando despidió entre bromas a los monaguillos —escaparon como ratones de una habitación lateral—, envió a la anciana a por café y galletas, acercó una imponente silla de alto respaldo, se sentó y me regaló toda su atención. Es un hombre robusto que irradia poder por los cuatro costados. Su presencia siempre me parece insoslayable: si se quiere evitar, hay que huir. Aunque de baja estatura, aparenta haber sido esculpido en un solo bloque de piedra olivácea; los ojos los tiene vivaces, negros y compactos como aceitunas; las manos son herramientas de dedos cortos. La silla en la que se sentaba me pareció lo que él hubiera podido ser, de haber nacido silla: un objeto pesado y recio, muy ornamentado, con un respaldo tan grande que sobresalía a considerable altura por encima de su cabeza. Debió de advertir mi curiosidad, porque dijo:

—¡Ya estoy en el trono! A esto lo llamo yo «el trono». —Dio dos palmadas en los brazos fuertes del mueble—. ¿Sabe cuántos años tiene? Échele años —me retó con un guiño.

—No lo sé.

—¿Veinte? ¿Treinta? —insistió.

—Quizá treinta, ¿no?

Se incorporó, repentinamente ceñudo.

—¡Cien! —exclamó— ¡No le miento: un siglo! ¿Qué le parece?

—Que está como nueva.

Sin duda fue la respuesta correcta, porque volvió a sonreír con afabilidad.

—¿Verdad? Era el antiguo sitial del altar. Ahora tenemos otro menos ostentoso y más nuevo, ya sabe lo que le digo, pero no he querido tirar éste. Aquí me siento a leer todas las tardes y a preparar las homilías. Porque mi trabajo es muy parecido al suyo: escribir y leer.

La conversación derivó, inexorable, hacia mis actividades, y aproveché la oportunidad. Le expliqué que estaba recopilando datos sobre la gente del pueblo con vistas a una futura novela. Pareció entusiasmarse.

—Creo que la misa estaba dedicada hoy a una señora —dije—. ¿Murió hace mucho tiempo?

Advertí suspicacia en sus ojos luminosos.

—¿Eulogia? Hace un mes justo.

Llegaron las galletas —también había magdalenas en un rincón del plato— y los cafés con leche. La anciana me entregó un enorme tazón donde nadaba la nata como un nenúfar. Fernando se rascó la cabeza:

—Es curioso que me pregunte por Eulogia —dijo—. Precisamente hay una leyenda sobre ella que podría inspirarle a un escritor cualquier cosa.

Me mostré interesada y empezó a hablar. Tenía razón: me contó algo completamente absurdo, pero que, ordenado y relatado con las convenciones típicas, podría transformarse en una narración breve. ¡Oh, poderoso espíritu de mi asesino Negro, cuánto le agradezco la mención de Eulogia en su última carta! Ahora bien, ¿qué misteriosa enseñanza debo extraer de este enigma? Aquí está, en síntesis y con algunas licencias poéticas, todo lo que me contó Fernando, y que quizá titule «La astilla» cuando lo vierta de verdad en literatura.

Historia de Eulogia Ramírez

Era hija de pescadores. A los cuatro años sintió el dardo del primer dolor: su padre murió en el mar durante una noche de olas imprevistas. Su madre no volvió a casarse ni a tener más hijos. En opinión del párroco, «eso deformó su crianza»: Eulogia no jugaba con las demás niñas; gustaba de caminar solitaria por la playa y, en los meses de verano, iba tan desnuda e indiferente como las gaviotas. Los viejos la recuerdan rara y hermosa como una concha, pero mucho más blanca. El cabello lo tenía largo y castaño —aunque estropajoso por la sal del mar— y la mirada hipnotizada y cruel. Apenas hablaba, y cuando lo hacía sus palabras eran tan hirientes que la gente añoraba su silencio. Parecía enfadada con la tierra, pero sobre todo con el mar, que se había tragado a su padre. Mientras caminaba por la playa a la hora más moribunda de sol, afilaba sus ojos de ámbar en dirección al horizonte, como retando al océano; y al acercarse una ola débil la pateaba con su piececito descalzo como a un perro vagabundo. A su madre le dijo un día:

—Voy a hacerle daño al mar.

Cuentan que el Mediterráneo le tenía miedo, pero eso lo dicen de broma; lo que todo el mundo sabe es que le tenía odio, al menos tanto como ella a él, porque un día se tomó la revancha. Y lo hizo como muchos hombres hacen para vengarse de una mujer: enamorándola.

Una tarde, Eulogia regresó de la playa con una flecha clavada en el corazón. La punta se enterraba por completo en su pecho de niña de ocho años, pero por fuera sobresalía una vara larga y delgada como pata de cigüeña. La herida no derramaba una sola gota de sangre y los ojos de Eulogia no lloraban. Ni siquiera se quejaba: vino caminando desde la playa hasta su casa con aquellos andares de trance que tenía, desnuda como el aire, y aquel dardo de madera fina hundido como una banderilla en el lomo terso de un novillo; tan hundido

—aseguran algunos— que poco faltó para que le asomara por la espalda. A su madre, que la recibió horrorizada, le dijo:

—Ha sido el mar.

Pero como si señalara desde lejos su cuerpo flechado y dijera: «Mira», o como si estuviera muerta. Sin embargo, después se supo que había sido uno de los niños que jugaban en la playa, más allá del espigón, y fabricaban jaras peligrosas con la madera de las barcas podridas para cazar gaviotas. Los viejos afirman, en efecto, que fue un niño.

Llegó el médico a toda prisa y se espantó no menos que la madre de hallarla tendida en el camastro de su habitación, boca arriba, con la flecha alta y vertical ondeando con su respiración como un junco a la orilla del río. El buen hombre comprendió que era inútil llevarla a un hospital, que en aquellos días se hallaban lejos y eran malos, porque el milagro era que siguiera viva. Y los viejos y las viejas cuentan que, tras una noche de parto difícil, desde el ocaso hasta el alba, el médico, ayudado por la madre y por otras personas que después murieron, pero también por otras mucho más jóvenes que aún no han muerto y todavía recuerdan —si bien el recuerdo es confuso y no siempre idéntico—, logró extraer por fin la larguísima saeta y curó la herida imposible, que a partir de entonces fue un lunar exacto y rojinegro bajo el pecho izquierdo de Eulogia.

Pasaron los años. Su pelo arreció en ondas hasta la cintura; el cuerpo se formó del todo y emergió la mujer que rebosaba dentro: plena, bien hermosa. Falleció su madre, su única familia, un poco antes de la guerra. Sabía coser y bordar, y su carácter repleto de silencio le ayudaba a pasar horas y horas frente a la labor y a no detenerse hasta terminarla. Esa virtud le procuró un poco de dinero. Las vecinas, amigas de su madre, le ayudaron. Tuvo un novio, o no exactamente eso: un chico que la quiso más que ninguno. Era pescador, y los viejos dicen que fue el mismo que, de niño, la había flechado en la playa durante un juego terrible, y ahora, arrepentido, la cortejaba. Una tarde, el chico le declaró su amor. Las viejas cuentan que Eulogia sonrió al replicar:

—Ya tengo novio.

El chaval, muerto de celos, quiso saber quién era el rival, pero ella no se lo dijo. De hecho, parecía que Eulogia habría deseado amarle, pero que, por hallarse comprometida con el otro, le resultaba imposible. Las vecinas, sin embargo, negaron la existencia de aquel amante desconocido. «Se ha vuelto loca», decían. El joven se desesperó, la insultó, la abandonó. Ella no dijo nada y lo dejó marcharse sin emoción. Sonreía mucho. Sonreía y miraba fijamente hacia un lugar que nadie veía, porque no era aquel punto que indicaban sus ojos. Las viejas cuentan que se quejaba de noche. Eran quejidos pero también gritos. Los atribuía a la flecha:

—Se me quedó una astilla dentro, y a veces la siento en el corazón.

Pero cuando el chico que la había cortejado apareció un amanecer flotando sobre las olas mansas de la playa, la piel como un ramo de violetas pisoteadas, los viejos fueron los únicos que dijeron:

—La muerte la ronda a la Eulogia y no quiere rivales.

Siguió viviendo de su labor, encerrada en la misma casa antigua y rota en que había crecido. Envejeció, y llegó el tiempo en que las leyendas murieron. Envejeció más, y llegó el tiempo en que sólo quedaban los viejos y las viejas para recordar, y los recuerdos no eran siempre los mismos. El resto, la gente que aún no había nacido ni soñaba con nacer cuando la leyenda nació —la mayoría de la gente de Roquedal—, consideraba a Eulogia una anciana algo chiflada, solitaria y silenciosa. Uno preguntaría por qué la llamaban «la de la flecha» y otro contaría gustoso la historia; y otro más, escuchándolo, objetaría:

—¡Anda ya! Lo de la Eulogia no es una herida, hombre, es un lunar.

Entonces, hace un año, la leyenda regresó. Porque las leyendas en Roquedal no desaparecen: se retiran como las olas, pero vuelven. Las viejas empezaron a comentarlo: que Eulogia «la de la flecha» se había hecho unos vestidos muy bonitos y salía a la calle con ellos, y con un pañuelo blanco al cuello y maquillada como si se sintiera joven. A la mayoría no le importó, pero los más viejos y las más viejas cruzaron los dedos y se santiguaron tres veces en nombre de Dios, Jesucristo y el Espíritu Santo, y rezaron tres avemarías al verla pasar.

Y un día inolvidable visitó a Fernando en la sacristía. No solía frecuentar los oficios, así que a él le sorprendió su presencia; más aún su aspecto, porque lucía un vestido azul pavonado y un pañuelo blanco al cuello; pero, sobre todo, su sonrisa, porque sonreía «como los mártires torturados de los cuadros antiguos»: elevaba los ojos como una ciega de nacimiento y curvaba los labios como una guadaña de segador. Y aquel rostro maquillado, el cuerpo obeso y perfumado y la sonrisa pavorosa y perenne formaban un conjunto que, según Fernando, «daba cierto repelús».

—Vengo a pedirle un favor, don Fernando: léame esta carta de mi novio, que ya sabe usted que no sé leer.

Y agitaba un papel doblado y vuelto a doblar, tan arrugado como sus manos. Él, para no enfadarla, accedió pensando: «Pobre mujer». Y no se sorprendió, desde luego, al comprobar que el papel no traía nada escrito: tan sólo una serie de garabatos juntos, como si un niño pequeño se hubiese dedicado a emborronarlo. «Pobre mujer», volvió a pensar.

—¿Qué dice, don Fernando? —se impacientó ella.

Apurado, no supo qué responderle.

—Y yo qué sé, Eulogia. ¡No me venga con estas cosas ahora!

Eulogia recobró el papel en silencio y se marchó envarada en su vestido azul, su maquillaje y su aroma a perfume. Murió dos noches después, sin hacer ruido. Roberto Torres, el médico de Roquedal, dijo que había sido el corazón, y que no era raro a su edad, y con lo gorda que estaba. Pero los más viejos y las más viejas murmuraron:

—La astilla.

Y esto es todo lo que se sabe sobre Eulogia Ramírez.

Me removí inquieta en el asiento. Reconozco que ciertos detalles de esta absurda historia —la supuesta «carta» de su «novio», el «pañuelo blanco al cuello»— me habían perturbado. Fernando, sin embargo, buscaba explicaciones naturales:

—Era una pobre mujer demenciada, pero en Roquedal de cualquier cosa nace un poema.

—¿Y lo de la flecha?

—Alguna base tendrá, pero vaya usted a saber cuál.

Y ésa fue la conversación. Una cosa me queda clara: no creo que Fernando sea usted. No lo veo sentado en su «trono», escribiéndome cartas anónimas e imitando las que yo me escribía. Sin embargo, debo pensar que usted se ha valido de las habladurías sobre Eulogia para proponerme el juego del vestido y el pañuelo blanco. ¿Y la «carta del novio»? Curiosa casualidad.

Aún me quedan otras dos mujeres muertas: Fernando me ha dicho que Juan Hernández, el farmacéutico, puede hablarme mejor sobre Amparo Mohedano. Y resulta que Manolo Guerín, el inefable «solitario de la torre», conoció bastante bien a Francisca Cruz. Así que ya tengo el programa completo para estos días.

* * *

Con sus cartas, señorita, *me está creando*. Por favor, continúe *elaborándome*. Ilumine mi oscuridad desde lejos y dígase: «¡Hay algo, no sólo tinieblas!». Invente un diccionario con mis palabras: ¿cómo demostrar que es erróneo, si nadie más habla el mismo lenguaje? Mientras ambos aguardamos, por favor, dedíquese a creer que soy retorcido. Sueñe conmigo. Piense en mí cuando caiga la noche. Escúcheme en los ruidos leves de su casa solitaria. El miedo debe encarnarse para serlo, y para darlo.

Sin embargo, le aseguro que soy muy simple:

Mi naturaleza sencilla

Escribo esto a la salida del pueblo, junto a la carretera, y a ratos me recuesto en la hierba, apoyo la cabeza en las manos y contemplo el polígono azul de cielo que me despejan los olivos. Silbo una canción. Me divierte pensar que usted me toma por algo más complejo que todo lo que me rodea: el lodo lleno de grietas que labran las hormigas, el césped teñido de estiércol, las arrugas blancas de las nubes.

Pero soy uno como su inexistencia, señorita. Recorremos la misma senda. Llegará el momento y la mataré. Y la senda continuará. Ese final que buscamos es tan sólo su final: usted se desplomará por el camino y nadie la sentirá caer, porque su puesto en la fila será inmediatamente ocupado. Y las nubes continuarán moviéndose milimétricamente.

«La astilla» me parece un título adecuado para la tragedia de Eulogia. En cuanto a la enseñanza a extraer, queda, como siempre, a su entera discreción. Yo aceptaré cualquier moraleja.

* * *

Juan Hernández me ha hablado de Amparo Mohedano. Fue toda una sorpresa para él verme aparecer esta mañana por entre las cortinas de la farmacia (le compré somníferos la semana pasada, y nunca lo visito por otro motivo): casi se cuadró, abandonó el mostrador con torpeza pueril, incluso titubeó un instante antes de cederme el paso cuando le dije que deseaba, a ser posible, hablar «a solas» —el chaval que le ayuda, de pelo rubio rizado y rostro encendido de acné, me contempló con ojos desmesurados—. No me reí, porque no suelo hacerlo cuando huelo a medicinas, pero la excesiva atención de Juan, al menos en un primer momento, se hizo casi cómica. Me introdujo en la trastienda con mucho apuro. Un perro que hacía muy bien su papel de perro se levantó, ladró en mi dirección y volvió a sentarse. Una señora a lo lejos, irreal como un personaje de óleo debido al sol, regaba las plantas de un patio cegador; no era su mujer, pero poseía la misma complexión robusta. Nos sentamos en sillas plegables instaladas en un minúsculo cuchitril que no parecía ni farmacia ni casa: supuse que sería su pequeño sanctasanctórum, a medio camino entre el negocio y el hogar. Había una mesa de madera de las antiguas, de patas sinuosas, y varias estanterías metálicas repletas de medicamentos, pero no dejé de advertir, salpicados aquí y allá, varios cuadernos de notas y resmas de folios. «Para escribir», pensé. «Porque su trabajo es como el mío: escribir y leer; o como el de Fernando y Manolo; o como el de mi asesino Negro. En Roquedal todo el mundo es escritor.» La excusa que había utilizado con Fernando surtió el mismo efecto con Juan. Mientras yo hablaba, él me observaba con la concentración de quien intenta descifrar un complicadísimo jeroglífico: volcado hacia delante, las cejas muy juntas sobre el puente de las gafas, la boca apretada bajo el pulcro bigotito negro. De nuevo me entraron ganas de reír, pero pensé: «¿Y si estás fingiendo? ¿Y si resulta que mi querido Juan Hernández se dedica a componer mensajes, quizá desde esta misma mesa de su "refugio" particular, y a dejarlos en el muro de mi casa durante sus noches libres? ¿Acaso posee dos caras contradictorias, como su forma de hablar?».

—La historia de Amparito la conozco bien, aunque apenas sé nada —dijo, muy serio—. Es que mi padre fue amigo de Matías Mohedano, sabe usted, el droguero, hermano de Amparito. Pero cuando todo esto sucedió, Matías era muy pequeño, así que a Matías se lo contaron también. Total, que de lo sucedido con Amparito nadie sabe realmente nada. Pero yo voy a contarle lo que sé.

Su relato, resumido y trasquilado en lo posible de contradicciones, fue así:

Historia de Amparo Mohedano

Antes del horror, era una niña celestial: no muy guapa, pero con cierto candor que la hermoseaba. Su pelo era negro, lo que gustaba de verse porque realzaba su piel lechosa. Sus ojos, sin ser azules, poseían una vislumbre de azul cuando se admiraban de lejos, y en eso se parecía a su abuela paterna y al mar: su abuela tenía el mismo color de iris, negro de cerca, azul lejano, y el agua del mar ya se sabe que jamás es azul cuando uno se arrima. Nació, además, con un gemelo de alma, como lo llama la gente, uno de esos amores predestinados como el que tuvo Eva, que dicen que vino al mundo ya casada. Se llamaba Javier, y era hijo de Jaime López, el de la vieja pescadería. Amparito y Javier se conocían desde pequeños y formaban buena pareja. Jugaban con los demás niños, pero siempre juntos, y cuando uno no podía, por la razón que fuera, el otro tampoco; y si uno enfermaba, el otro pasaba los días junto a su cama hasta que la dolencia concluía. El padre de Javier, el pescadero, se complacía de verlos tan siameses, y lo mismo ocurría con el padre de Amparito, el droguero.

Por eso, cuando una predestinación se quiebra, tanto peor.

Sucedió de manera tan inesperada que se dijo, años después, que había sido una maldición. Y maldición parece, porque cayó como un rayo sobre un tallo verde.

Una mañana de domingo, un poco después de los Reyes de Mayo, Amparito —que ya tenía once o doce años pero no más— salió temprano de su casa a comprar el pan. Llevaba una bolsa grande de tela, un monedero, un vestido suelto azul oscuro estampado con flores blancas muy pequeñas y unos zapatos rojos. Se recuerdan esos detalles, como suele suceder cuando acontece algo terrible. Apenas demoraba quince minutos en el recado, por ello la familia se inquietó un poco cuando transcurrió media hora sin que volviera. Otra media hora después, y el padre, que salió a buscarla, halló la bolsa de tela fláccida como una medusa muerta en una esquina; alguien encontró el monedero con el dinero intacto a la salida del pueblo; unos chavales descubrieron los pequeños cadáveres de los zapatos rojos en el camino del bosque; por fin, un cabrero advirtió, ahorcado en un árbol y vacío como la piel de un gato desollado, el vestido suelto azul oscuro estampado con flores blancas muy pequeñas.

La tarde del día siguiente, la guardia civil, alertada por la familia, sorprendió a Amparito caminando de regreso al pueblo, desnuda, descalza, hecha una maraña de bosque, tierra y sangre. Se mostraba tan feliz que creyeron que había enloquecido. La llevaron a una clínica, donde se confirmó lo que el padre más temía, y la interrogaron con suavidad para saber quién había sido, pero en vano. Ella lo contó más tarde, pero su cuento no tuvo lógica ninguna y nadie pudo entenderla, ni siquiera varios años después, cuando se descubrieron las cartas que escribía a escondidas de sus padres, destinadas Dios sabe a quién. Estas cartas se hicieron tan célebres que sus frases corrían de boca en boca, aunque cada vecino las recuerda de manera diferente. Juan, por ejemplo, repetía éstas:

> Me miraba como una fiera, como un demonio animal. Su cabeza, cuajada de pelo espeso y negro como jamás fue la noche; sus mandíbulas fuertes como máscara de Rey de Mayo; sus labios de mujer hermosa, y sus ojos, ay Dios mío, que permites unos ojos como ésos.

Por las declaraciones fragmentarias de Amparo se supo que todo había comenzado con un carro de gitanos. Los gitanos solían trasladarse al alba de pueblo en pueblo, y aquel domingo Amparito vio pasar un carro con una familia gitana que se marchaba de Roquedal, y, asomado como una golondrina por el borde, un chavalín no mucho mayor que ella, un gitanillo desgreñado, que le causó no poca impresión. En otra carta escribía:

> Su mirar era de lobo. Un lobo negro y hambriento que los gitanos llevaban de aldea en aldea para mostrarlo y hacerse ricos. Pero no podían, porque, al verlo, mucha gente huía de miedo mientras que otros, como yo, se volvían locos y se dejaban comer Así que los gitanos no ganaban dinero y tenían que huir de cada pueblo al que llegaban.

Pero después se supo que nadie había tenido la culpa, al menos al principio. Sucedió que Amparito vio pasar aquel carro y soltó la bolsa del pan, que aún estaba vacía, y se fue caminando tras él; y cuando lo perdió de vista echó a correr; y a la salida del pueblo dejó caer el monedero al suelo; y en el camino del bosque se desprendió de los maltrechos zapatos; y ella misma, o algún desconocido, colgó de la rama de un pino su precioso vestido de domingo. En otro párrafo de otra carta proclamaba este enigma:

> ¿Quién soy?, me pregunta el espejo. ¿Quizá la vida? Soy tu consorte real. ¿Quién me conoce? El señor que viene a besarme. ¿Quién es? El señor de la espada. ¿Qué quiere? Usar la balanza. ¿Por qué? Por justicia. Porque pequé. Pequé en el bosque, con un lobo joven. Y ahora viene, es justicia que venga, el señor de la espada, a usar su balanza.

La guardia civil se apresuró a arrestar a varios gitanos, pero no pudo saberse quién había estado con la niña aquella noche —si es que se trataba de uno de ellos— y le había hecho lo que le había hecho, pese a que muchos fueron condenados en juicios sumarísimos —para aplacar la ira paya— por otros cargos que nada tenían que ver con lo sucedido. El caso nunca se cerró; menos aún el dolor de los padres.

Amparito, sin embargo, parecía feliz, pero su dicha —en el sentir de Juan, que la recordaba— era como la de los gatos, «vuelta hacia dentro, como una lámpara cubierta por un paño negro que sólo iluminara para ella misma». Y añadía: «Ahora imagínese que a ese paño le cortamos dos agujeros: así fueron los ojos de Amparito desde entonces». Se dice que su abuela paterna se asomaba al fanal de aquellos ojos íntimos y repetía un desagradable estribillo:

—Los hombres son malos, pero la Natura es peor.

Y lo repetía día tras día, sin hacer caso de Matías, el padre, que le rogaba que se callara, que ya era suficiente tragedia como para que ella viniese a glosarla.

Sucedió otra amargura: Amparito, a partir de la noche del bosque, rechazó por completo la compañía de Javier, su gran amigo, su predestinado. Al principio, como es natural, lo que le importaba a todo el mundo era que ella se recuperara, así que nadie percibió el cambio, menos aún el interesado, que dicen que decía después que la veía rara con él, pero lo atribuía a la terrible experiencia por la que había pasado. Sin embargo, transcurrido un año, ya no había quien no lo supiese: la niña rehuía a Javier e inventaba mil excusas para eludirlo; pronto, ni siquiera hicieron falta las excusas; y por fin Javier experimentó la tristeza inmensa de comprobar que ella no necesitaba eludirlo para ignorarlo.

Amparo creció, regresó a la escuela —que había abandonado debido a lo ocurrido—, siguió siendo amable y buena con todo el mundo y aprendió mucho y bien, porque era una chica inteligente. Incluso se dice que frecuentó algo a los chavales, pero, eso sí, siempre lejos de Javier, que padeció en silencio aquel incomprensible desdén. Y una tarde —ella tendría diecisiete o dieciocho años, pero no más— la madre la sorprendió escribiendo en su cuarto, sobre la cama, y advirtió su esfuerzo por ocultar el papel.

—¿Qué haces? —le preguntó.

—Le escribo a mi novio.

Así se llegaron a conocer las cartas, que la propia familia difundiría años después, asombrada por el misterio. Pero nadie sabía quién era el afortunado ni desde cuándo se conocían, y ante las preguntas de sus padres la chica contestaba nimiedades o leves sonrisas, como si un amigo secreto le hubiera aconsejado: punto en boca. Si acaso, sus ojos se prendían más con la llama que había empezado a arderle la noche del bosque y que ya no se había apagado nunca, y zanjaba el tema afirmando que su novio era cosa suya y que sólo se relacionaban a través de aquellas cartas. Fue entonces cuando la abuela, la madre de Matías, muy vieja y muy enferma, comenzó a decir:

—La rondan.

Matías protestaba, pero lo mismo murmuraban los más viejos cuando la veían pasar, incluso antes de verla, incluso después de haberla visto, como si olieran su olor desde lejos:

—La rondan a la Amparito.

—La rondan.

—La rondan.

Su padre no pudo aguantar más, temeroso de una nueva tragedia y resolvió desordenar los papeles de su cuarto hasta dar con las misteriosas cartas; pero no pudo hallar las de su novio, ésas no, sólo las de puño y letra de su hija, que escribía muy bien. En otra decía:

> Hay algo que rodea mi cuello. Un garrote vil que estrecha mi vida. Hay algo que eres tú, unas veces mujer, otras hombre, otras mujer y hombre, siempre hermoso y hermosa, siempre hermosa y hermoso, que vienes a pedirme el cuerpo en matrimonio con tu espada y a medir mis pecados terribles con tu balanza. Ven, porque hice daño. Ven, porque gocé. Ven, porque gocé del daño. Ven, que visto mi desnudo blanco. Ven, que mis cabellos son un velo de luto. Ven, que la boda es en el bosque. Ven, que las campanas te llaman.

Y en otra, este verso íntegro:

> Troqué los amores blancos por el placer zarzal. Coseché el pan del verano en una sola espiga negra. En una sola espiga negra, todo el pan. Troqué los amores blancos por el placer zarzal.

Matías, aliviado —porque la realidad lo acobardaba más que las visiones—, se alegró de comprobar que el supuesto «novio» de su hija era un sueño adolescente. Pero las voces de los viejos, encaramados en las sillas e inmóviles como grajos, le inquietaban de continuo con advertencias malas:

—A la Amparito la rondan.

—La rondan.

Un día, la muchacha se encerró en su cuarto y no apareció hasta el anochecer. Y a su madre le costó trabajo reconocerla, porque se había pintado la cara como la de una ramera que acabara de morir y lucía un angosto vestido rojo, un pañuelo blanco al cuello y unos zapatos altos que nunca se había puesto.

—Amparo, *así* no sales a la calle —le dijo.

Pero su hija la ignoró y ella no se atrevió a insistirle, ya que algo en su mirada le hizo comprender que sería inútil toda palabra. El viejo Matías y el hijo mayor se hallaban cerrando la droguería y no la vieron, pero fueron los únicos en no advertirla, porque Amparo se enseñoreó por las calles hasta bien entrado el anochecer, enfiló después hacia el bosque y regresó desafiante en las horas muertas de la madrugada. Matías, que, al tanto ya de su extravagancia, había estado buscándola —con el recuerdo puesto en aquella otra mañana espeluznante de domingo—, no quiso abrirle la puerta.

—No es mi hija —dijo, repugnado.

En cierto modo no le faltaba razón, porque durante aquella única noche la crisálida de niña candorosa y modales buenos había acabado de destrozarse, y una mujer de pelo muy negro y repeinado y rostro de duende había desplegado la envergadura de su oscuro cuerpo dentro de ella. Y lo que dijo aquella mujer no fueron poesías. Lo que dijo, vociferando en medio de la calle, perturbó más a la familia que su aspecto. Nadie recuerda muy bien las palabras —a diferencia de las cartas, y pese a que fueron escuchadas por muchos—, pero Juan tradujo algunas:

—¡Miradme! ¡Soy yo! ¡Qué miedo puedo daros, si soy yo! ¡Por qué cerráis las ventanas, si soy yo, que vengo del bosque...!

Una lluvia torrencial comenzó a enturbiar las aceras, pero la voz no se rompió bajo aquella perdigonada.

—¡Qué os da miedo de mi cuerpo de mujer! ¡Qué os da miedo de mi carne...!

Dentro de la casa, a oscuras, los padres lloraban sin decir nada, como si velaran su defunción. Sólo la abuela, sentada junto a la ventana, era capaz de hablar:

—Oye cómo la rondan —repetía, como señalando relámpagos.

Algunos cuentan que la voz no cesó; que se desgarró hasta hacerse vieja pero siguió oyéndose cuando la garganta ya no estaba. Y siempre los mismos gritos, u otros más extraños:

—¡Qué os da miedo del amor de mi muerte, si ya he conocido el amor de mi vida!

La hallaron al día siguiente. La tormenta había borrado las huellas pero se sospechó que había regresado al antiguo camino del bosque. Y sus zapatos perdidos, su vestido roto y el cuajarón de su pañuelo embarrado fueron los rastros que condujeron a la sorpresa temible de su cuerpo, que se hallaba al fondo de un pequeño terraplén con los brazos separados y las manos abiertas. La máscara pintada del rostro, que la lluvia y la muerte habían convertido en una atrocidad, sonreía como preparada para recibir un beso. Se había tronchado el cuello al caer. Su muerte se achacó a un accidente de su locura.

Y esto es todo lo que se sabe sobre Amparo Mohedano.

—¿Y qué ocurrió con Javier, su predestinado? ¿Sigue en el pueblo?

—Pues no. Se marchó a estudiar a la capital hace mucho tiempo. Creo que es abogado, si es que no ha muerto ya. Nunca volvió a Roquedal, ni siquiera cuando falleció su padre, lo cual no me parece bien, dicho sea de paso. Aunque quizá haya hecho bien al no venir, no sé si entiende lo que le digo...

—Perfectamente.

—Los recuerdos son como el vino: apetecen de vez en cuando pero no se puede vivir de ellos.

—Es cierto —sonreí—. ¿Y las cartas de Amparito? ¿Las tendrá todavía su hermano?

Juan se ajustó las gafas sobre la nariz con un gesto delicado.

—Pregúntele, pero no lo creo. Es más: estoy seguro de que no, porque Matías también quiso olvidar pronto. Pero pregúntele, vayamos a que tenga alguna...

El niño de la farmacia asomó la cabeza por el pasillo —un rostro del color blancuzco de los botijos decorado con motas de acné—, inquiriendo sobre el paradero de cierto medicamento. Aproveché para despedirme.

Visité a Matías Mohedano en la droguería —hombre apacible y mesurado, de mirada grande, muy avejentado—, y accedió gustoso a enseñarme un cuaderno donde, según me dijo, había copiado con letra de colegial algunas de las frases de las cartas de su hermana —escribir y leer, siempre—, cuyos originales lamentaba no poseer. Con ellas y los recuerdos de Juan y Matías he reinventado a la Amparito de mi historia anterior.

Ahora bien, el enigma crece. ¿Qué quiere que piense de las leyendas de Amparo y Eulogia? ¿Existió usted hace cien años y escribió cartas de amor y de muerte a Eulogia? ¿Acaso también le escribió a Amparito y después la empujó por un terraplén en una noche lluviosa? ¿Fue usted quien la violó cuando tenía doce años? Hay algo que son cartas y algo que es un pañuelo blanco atado al cuello y algo más que es usted, una persona cualquiera, un listillo transmutado por la magia del pueblo y mi propia imaginación (que aún desgrana febrilmente la oscura prosa de Faulkner y medita en la trama de una novela que quizá nunca llegue a escribir). Es verdad que estoy *elaborándolo,* señor mío, y sospecho que lo único que me podría matar de usted sería comprobar que mi elaboración no es la correcta. Se me ocurre un cuento.

Brevísima historia policíaca

La víctima muere porque descubre que su asesino no es, ni fue nunca, como ella se lo imaginaba. Por tanto, su asesino no necesita matarla, y no es descubierto. Pero como su asesino no la mató, no se siente verdaderamente asesino. Para sentirse asesino, se entrega a la policía asegurando que fue él quien mató a la víctima. La policía no lo cree, y lo expulsa de la cárcel. El asesino, frustrado, se desespera porque tiene la íntima convicción de que la víctima no hubiera muerto sin él. Él no ha matado a la víctima, pero la víctima no hubiera muerto sin él. Entonces se suicida. Pero antes de morir piensa algo horrible: «Dios mío, la víctima me ha matado. La víctima es *el asesino*». Y muere.

Claro está que he visitado el cementerio. Todos terminamos en uno, y yo, además, necesitaba saber de alguna forma que las extrañas historias de Eulogia «la de la flecha» y Amparito eran reales. Quiero decir, no sus historias, que ya sólo son un conjunto de palabras, dos fábulas desarrolladas con las convenciones propias del género y por ende mentirosas, sino sus vidas de seres humanos, de mujeres que nacieron en Roquedal. Y como la mayor seguridad que poseemos en la vida es la muerte, nada mejor para cerciorarnos de que alguien ha existido que asegurarnos de que dejó de existir alguna vez. La visita, sin embargo, ha tenido otras consecuencias.

El cementerio

Si usted me vigilaba, sabrá que me atreví a salir este mediodía sin hacerle demasiado caso al sol de junio, que a esas horas tiene vigor, y crucé el pueblo en dirección a la carretera que llaman «del cementerio» y que es la única propicia para los automóviles. Ganas me entraron de desviarme y coger el viejo camino del bosque, pero decidí que era más prudente visitar antes la tumba de Amparito que tropezarme con su fantasma.

El paisaje, de improviso, dejó de ofrecerme casas blancas, y me encontré rodeada por terrenos de cultivo. Llevaba un ligero conjunto de blusa y pantalones de algodón y calzado deportivo, pero aun así comencé a sudar. El olor acre a estiércol de los campos no me pareció desagradable. El poliedro del cementerio se anunciaba desde lejos adornando un pequeño teso donde la carretera ejecuta un cambio de rasante: eran visibles la tapia acostada y pálida y las antorchas apagadas de los cipreses. De repente me pareció que no existía nada más que aquel cementerio y aquella soledad con la brisa abonada, el coro confuso de los insectos y mis propias pisadas. El mundo era eso; la carretera sólo servía para que yo la recorriese: era el camino que usted menciona, aquél por el que vamos ambos y en el que yo caeré muerta mientras las nubes se desplazan.

El muro del camposanto está repujado de grafitis de aerosol, casi todos tan incomprensibles para mí como lo fue para Fernando la carta de Eulogia; bajo su sombra rectangular se siente un frío inusitado, como si se filtrara por sus paredes el helor de la muerte. Pero en el interior, al que se accede por una arcada pequeña, el paisaje cambia.

Era un amor. Una aldea blanca adornada de flores tiernas. Las tumbas parecían cunas con sábanas cubiertas de amapolas. Una doncella se erguía sobre una columna, ceñida de rosas: apenas importaban su corona y su manto de Virgen. El silencio existía, pero era cálido, profano, de noche de bodas. La belleza del lugar me enajenó. No olía a muerte sino a jardín. Allí se encontraban, para mi sorpresa, el enrejado de las ventanas, el misterio de los portales, el perfume del azahar, los bancos a la sombra de los árboles, las callejuelas estrechas y limpias y el ampo de las casas pequeñas. Me asaltó un pensamiento absurdo: «Dios mío, esto *es el pueblo.* Lo otro, aquello en lo que vivo, son las tumbas de sus habitantes. Aquí está Roquedal».

Un breve paseo confirmó mi primera impresión: encontré versos. El roquedeño se vuelve poeta con la muerte. La muerte aquí es hermosa, casi linda, como una flor en el sombrero de una niña pequeña, y el roquedeño se inspira en ella para componer breves estrofas sobre la piedra. Las lápidas de los seres queridos son, a su modo, poderosas cartas sin remite ni destino. Una decía: «Amada del Señor», tan sólo, anónima. En otras podía leerse: «El Señor Te Amaba y Esperaba Tu Presencia»; «Ven a los Brazos Eternos, Tú que Alguna Vez Fuiste»; «Que el Amor Sagrado Te Reciba». En la de un niño, el mármol muy limpio y arreglado, sobre la cruz una foto dorada como la flor del alazor: «Ya Se Nos Ha Concedido Amarte Como El Señor Te Ha Amado Siempre». En la de un anciano, bajo el nombre y las fechas: «Porque Sé Que Me Amarás Eternamente», un epitafio de ambigua traducción. ¿Quién se lo dedicó a quién? ¿Quién lo escribió *para* quién? ¿Fue un pensamiento que el anciano le expresó un día a su esposa? ¿O una certeza que ella quiso poner en sus labios cuando él murió? ¿O es ella quien habla, y por tanto el «amor» hace referencia al fallecido? Cartas sin remite ni destino. En otra, un acertijo: una losa desnuda con una sola letra grabada sobre ella, «W». Una inicial absurda en estos contornos. Posiblemente la tumba de un extranjero.

No me hallaba sola: otra figura paseaba con lentitud por las alamedas de sepulcros, adelantando un pie, luego el otro, con un ritmo calculado que parecía tener algo de desfile. Reconocí a don Baltasar, el loco de la carretera del cementerio. No me sorprendió mucho su presencia, ya que me habían asegurado que frecuentaba el camposanto porque vive cerca (en una casa de las afueras) y porque toda su familia está enterrada aquí. Nos hemos cruzado, pero sólo las miradas. Es un hombre recio, de rostro fuerte y voluntarioso herido por un descuidado bigote oscuro. Vestía un arrugado traje gris paloma manchado de nubes negras y una camisa abierta, y llevaba un bastón en forma de cayado. Su atuendo era un absurdo híbrido de elegancia y suciedad. A pesar de su intenso bronceado creo que enrojecía, pero no me pareció que fuera debido a mi presencia: era el rubor de quien camina entre una muchedumbre que lo observa en silencio. Me estremecí y dejé de mirarlo. ¿Es *usted* el loco del pueblo? No; su locura es demasiado razonable.

Hallé las tumbas. En la de Amparo Mohedano sólo su nombre y unas fechas, pero hay claveles rojos encima. ¿Quién los renueva? Quizá su hermano, que, a pesar de todo, no puede olvidar. Pero sería románticamente delicioso, y también inquietante, que fuera Javier, su «predestinado». A decir verdad, lo menos extraño de la historia de Amparito era aquella sencilla lápida con claveles frescos: yo misma hubiera podido llevarle flores. En la de Eulogia Ramírez, sin embargo, nada de nada: sólo los datos que la identificaban escritos sobre un mármol pequeño. Sin duda tendría algunos ahorros, propios de una vieja soltera, pero no los suficientes como para comprar la atención de unas flores mensuales. Ni siquiera le habían grabado un corazón traspasado por un dardo. Eulogia «la de la flecha» seguía sola y rara, como en vida.

La visita me ha hecho reflexionar: la gente de Roquedal tiene razón al creer que la muerte es amorosa. Yo he podido comprobar a lo largo de mi vida que lo contrario también es cierto.

Breve reflexión sobre el amor y la muerte

Los besos, a veces, saben a muerte; el simple hecho de querer es ya una pequeña pérdida; los abrazos, en ocasiones, son intentos vanos de retener lo que se nos va. La posesión, por ello, es falaz: muy al contrario, hay un desposeimiento siempre. Es como si sólo pudiéramos amar aquello que nos han robado y el amor fuera el deseo de que algún día nos lo devolvieran. Pero llega un momento en que la pérdida resulta infinita: amamos tanto que amamos sólo a un cadáver. Y como la pérdida siempre se cumple, el cadáver permanece. Naturalmente, si el amor tiene ese regusto inevitable a muerte, no debería sorprendernos que el cementerio posea cualidades amorosas. Las cosas guardan equilibrio.

Usted, que asegura ser mi muerte, ¿acaso no es mi verdadero amor?

* * *

Sueño del asesino

Ayer soñé que penetraba en su casa. Aunque se hallaba cerrada, no precisaba abrirla: mi entidad era tan insignificante que no ofrecía obstáculos reales. El silencio lo llenaba todo, pero era yo; yo difundía silencio, así que mi tarea consistía en llegar hasta usted y acallarla. La encontraba en el dormitorio, bajo una cruz con el Cristo ausente. Había también un vaso de agua lleno de minúsculas pompas y un libro que no pude identificar: sus gafas redondas y frágiles reposaban pulcras sobre él. Al acercarme pude oír su respiración confiada; contemplé las suaves, apenas visibles venas de su cuello como líneas de gasa azul; sus párpados temblaban como si fingiera, como si alguien le hubiera ordenado que cerrara los ojos pero usted deseara mirar sin ser vista. Y, naturalmente, se despertaba. A partir de aquí nuestro encuentro era tan breve como su respiración, tan exiguo como su cuello, y al acabar, yo era el que despertaba, o soñaba que lo hacía, y pensaba: «¿Cómo es posible que me interesara tanto matarla? Ya ni siquiera recuerdo *su nombre*». Quizá mucho de lo que he soñado vaya a suceder. Se preguntará: ¿coincidencias? No, ambos lo sabemos. ¿Es una coincidencia su cambio de ánimo, su giro hacia el lado oscuro de las cosas? ¿Visita el cementerio? ¿Es observada por locos? ¿Siente que ya *nunca* estará sola? Lo celebro. Es adecuado que el mundo se oscurezca: buen preámbulo para cerrar los ojos. Duerma con la seguridad de que una noche despertará y me verá.

* * *

A pesar de todo no tengo una cruz en la cabecera de la cama y no suelo leer antes de dormir. Y usted no ha estado en mi dormitorio ni en sueños, nunca mejor dicho. Permítame la pequeña esperanza de la incredulidad, ¿no? Aquí en Roquedal, y sobre todo en estas fechas, a comienzos del verano, con un mes de junio tan noble y dorado como éste, nada es oscuro. Por más que he pensado en cien personas diferentes, tengo que admitirlo, ¡no encaja usted con ninguna! En Roquedal todo es saludable: los pescadores salen de noche y encienden sus barcas en medio del mar; mujeres con cestas de la compra cotillean en las tiendas pequeñas; los bares rebosan de hombres, en su mayoría jubilados, que beben y fuman junto a la barra o golpean las mesas con fichas de dominó. Y todo bajo el estruendo de los televisores, el grito de los goles, el hipnotismo de las películas. ¡Pero *usted*! ¿Dónde va usted con sus cartas absurdas? ¿Qué papel juega en esta tranquilidad cotidiana? ¿Cómo se puede caminar por Roquedal pensando en *usted*? De acuerdo, el pueblo no es sencillo. Quizá me engaño. Las cosas no son lo que aparentan. Acaso su voz sea la única verdadera y lo cotidiano resida en mi ignorancia.

Ejercicios románticos realizados

He paseado por la playa y contemplado el mar a la caída de la tarde. Un poco antes de que las últimas gotas de luz se evaporen, deja de advertirse la diferencia entre horizontes, y cielo y mar se difuminan en el inesperado lienzo gris. En el espigón, tan peligroso siempre (un médico que sustituyó al doctor Torres hace varios veranos, Marcelino Roimar, se ahogó al caer por él), estallan las olas con ansia, como hambrientas, incluso las más pequeñas. El clamor del mar contra la piedra es pavoroso: los antiguos hubieran inventado un monstruo con eso. Y, a propósito, el viento, en efecto, tal como escribí hace varios meses, cuando yo *era usted* y hablaba con la voz de mi asesino Negro, silba al azotar las ventanas. Y las estrellas no son pequeñas; uno las mira fijamente y termina sabiendo la verdad: ante todo, las estrellas están *lejos.* Es posible que nada de esto sea sencillo, que me haya equivocado y los enigmas cuelguen de los ángulos de las paredes como telarañas viejas. Usted me cuenta un sueño que dice que ha tenido, pero creo que miente.

Yo le contaré uno que tuve hace días, y que fue verdad.

Sueño de la víctima

Deambulaba por una ciudad desconocida llevando un letrero colgado del cuello, como uno de esos «hombres-anuncio», pero no podía saber lo que anunciaba porque las letras eran muy grandes y estaban demasiado cerca de mis ojos. Buscaba un espejo para poder traducirlas; sólo tendría que leerlas a la inversa. Pero mi padre se acercaba entonces y me decía:

—El cartel está ladeado, Carmen. Por eso no puedes leerlo.

Me angustiaba pensar que llevaba encima un mensaje que yo misma desconocía. Intentaba enderezarlo, pero descubría que Julián, el hombre al que amé, el único hombre al que amé, y que ahora prefiero no recordar (quizá le hable algún día de él), lo había leído ya, y por tanto ya lo conocía. Pero yo pensaba que era malo que Julián supiese algo de mí que yo ignoraba. Lo veía sonriéndome, una sonrisa amplia y dulce que manchaba su rostro bronceado. Entonces se alejaba llevando consigo —estaba segura de ello— el conocimiento de las palabras que yo misma *le había mostrado*. El resto fue un vericueto de persecuciones, pero no volví a encontrar a Julián ni logré traducir el cartel por mucho que me esforcé: sólo recuerdo que la gente me leía y asentía lentamente con la cabeza.

Desperté atrapada en el sudor como una mosca en una trampa pegajosa, y creí que en la habitación había alguien: usted, por supuesto. Al encender la luz, me asustó lo cotidiano. Porque lo cotidiano es como una marea, y de repente decrece, y las mismas cosas que antes gobernaban mi rutina entre bostezos se me aparecen extrañas o temibles.

Sinceramente, creo que usted y yo formamos parte de la soledad del mar: usted es la ola que se aproxima; yo, la que se retira. Usted dice «quiero», pero apenas quiere; yo digo «no quiero», pero apenas no quiero. ¡Dios mío, tengo la sensación de que mi asesinato ya se *está produciendo*! Pero es tan *insignificante* que usted casi no me está matando, y yo, señor mío, me estoy muriendo poquísimo...

* * *

Esta tarde visitó usted a Manuel Guerín. Escogió la refrescante hora del ocaso y caminó con rapidez hacia la playa. Llevaba un traje de «marinero» con pantalones y tirantes y una brillante ancla dorada en la espalda entre palabras inglesas. El conjunto armonizaba bien con sus playeras. La seguí. Tomó por el camino de rocas que lleva a la torre. Pero el día era inseguro como el porvenir, y en un instante, casi adrede, el sol que declinaba se oscureció tras un grupo de nubes y creció una fría ventolera que la obligó a frotarse los brazos desnudos. Me detuve, temiendo que algo le hiciera volver la cabeza y descubrirme, pero siguió avanzando hacia las ruinas. Regresó el sol, ya agonizante, y persistió el viento frío del mar. Observé su silueta recortarse nimia contra el cielo bruñido de la tarde. Caminaba en dirección al incendio del horizonte, así que tuve que hacer visera con la mano. Me acerqué a la torre cuando usted la rebasó: más allá, bajo un paisaje de tolmos negros, se yergue la solitaria casa del señor Guerín, ya casi nocturna debido a las sombras de los arrecifes, desde la que se escuchaba el acordeón de una *manouche*. Sé que al señor Guerín le agradan estas melodías y aprovecha la intimidad para disfrutarlas. Supongo que terminará contándome la conversación que mantuvieron, pues fue larga. La esperé recogido en la torre y, al verla pasar, de madrugada, arrojé una pequeña piedra contra otras. El ruido la hizo detenerse bruscamente, pero perdió el interés y continuó. Antes iba usted hacia el crepúsculo. Ahora, igual de solitaria, se encaminaba hacia la noche total.

* * *

Manolo, «el solitario de la torre», no vive en la torre sino en una casa cercana, tan aislada y fronteriza con las olas que casi podría ser un barco: se trata de un viejo cobertizo destinado a los aparejos de los pescadores que quedó abandonado cuando se trasladaron los caladeros a lugares más adecuados, al este del espigón. El descuido y el mar lo pudrieron de humedad y cangrejos, combando sus maderas, pero Manolo, que había regresado a Roquedal muy exótico tras su época extranjera (vivió varios años en París), lo vio y decidió adquirirlo, a pesar de que todo el mundo le dijo que estaba loco, que no se puede vivir tan cerca del mar porque el mar, como la muerte, no admite rivales: o eres pez o aléjate de mí, dice el leviatán azul, o vives dentro o en contra. Ahora posee dos plantas y una amplia terraza. Por dentro todo es blanco: las estanterías, las mesas, las sillas, muebles de saldo. Ha tenido problemas con el suministro de electricidad, pero los resuelve con butano y baterías, de las que colecciona cajas completas.

El salón, al que se accede directamente desde la planta baja, se halla noblemente recubierto de madera pintada de blanco; las esquinas de las paredes se suavizan; sus ventanas, alineadas en la pared más larga, son redondas como las de los camarotes. Tres estanterías blancas se yerguen en la pared opuesta: allí duermen los libros que aún le gusta recordar. *Arriada,* su obra más premiada —y la más hermosa, sin duda; releo con frecuencia el ejemplar dedicado que me regaló—, reina sobre los sargazos de volúmenes viejos y nuevos (poesía y cuentos infantiles; el mismo título clonado decenas de veces; ejemplares no vendidos), productos de la mutación del olvido. Manolo, que trabaja con las manos igual que con la cabeza, ha creado, a la par, los libros y los anaqueles que los albergan. De otros autores hay muy poco: Harold Robbins y Vázquez Figueroa; el resto lo constituyen manuales prácticos (de cocina, de carpintería, de pesca) y libros sobre arte.

Como mi visita no fue imprevista —la habíamos acordado por la mañana, en la Trocha—, me aguardaba un brillante decorado: candelabros, música francesa, una mesa larga y rectilínea —después comprobé que era la unión de dos— oculta bajo un conjunto de manteles crema y vajilla en ambos extremos con las servilletas rígidas como abanicos. Mi anfitrión parecía preparado para cualquier exceso: jersey negro de cuello vuelto —violento contraste con la blancura salina del lugar y con su pelo canoso—, olor a algo más invasivo que agua de colonia, un Paco quizá, o un Christian (pertenezco a esa rara subespecie de mujeres que no entienden de perfumes; por si fuera poco, el mar lo diluye todo, incluyendo los olores inventados) y pantalones del color de las heces de un náufrago alimentado a base de algas, marrón verdosos, o verde marronáceos, muy elegantes y relativamente planchados. Eso sí, descalzo (después comprendí por qué), con las uñas de los pies a su libre albedrío, limpias pero peligrosas.

—Estás preciosa —dijo al verme (era el mismo adjetivo, aplicado al otro género, que yo había pensado dedicarle, pero es bien sabido que el machismo es el más veloz adjetivador del Lejano Oeste).

—Ay, Manolo, Manolo...

Había diseñado una lujosa velada, el pobre. Yo sólo quería tomar unas copas y charlar frente a unas tapas, así se lo dije, pero él, secretamente, lo había dispuesto todo para un invitado de honor: dos grandes bandejas con mero, gambas cocidas y calamares acompañadas de un gélido fino; después, con la noche ya extendida —sólo hematomas de luz en el horizonte—, la mala sorpresa de ¡una dorada a la sal! Dios mío, jamás ceno, apenas tomo un poco de leche y un somnífero, y a mis *cuarenta*, maldita sea, no quiero aceptar invitaciones tan sólo por el arrebol facial. Sin embargo, me callé. Me callé y comí, sumisa. Manolo abrió una nueva botella, un vino francés muy frío. Y entonces el barco empezó a girar de verdad, y a los postres —tarta de chocolate, maldita sea— se desató una tormenta de alta mar.

Mi capitán, sin embargo, permanecía inalterable en el puente de mando, su rostro iluminado apenas por los relámpagos debilísimos y prolongados de las velas. Me apuntó por enésima vez con el helado cañón de la botella de vino.

—No acostumbro a beber tanto —protesté.

—Hoy quiero que hagas cosas que no acostumbras a hacer.

—Mira que después me pongo idiota...

—Seremos dos.

Bebimos. Hablamos de mis libros y de los suyos; de su vida bohemia en París y de su soledad en Roquedal; de sus teorías literarias (ya las conozco: mezclar la poesía con la prosa). También hablamos de mí. ¿Siempre había vivido sola?

—No. Antes compartía piso con mi hermana —dije.

Sonrió. La penumbra de las velas nos obligaba a murmurar.

—Es curioso, Carmen del Mar...

—¿Qué?

—Que sepas tanto sobre mí, y yo apenas nada sobre ti.

No lo dijo con enfado, y eso me hizo sospechar que se había enfadado.

—Mi vida es muy aburrida —dije.

—No hay vidas aburridas sino tristes.

Pensé durante un instante. Entonces dije:

—Todas las vidas son tristes. La mía es aburrida.

Me miraba. Se aprovechaba de la longitud de la oscuridad para explorarme. El mar se removía en las ventanas como una jungla.

—Hablas muy poco —dijo al fin.

—Me gusta más escribir.

Volvió a sonreír. Se levantó para colocar una nueva cinta en el radiocasete. Subió el volumen. Era la grabación de algún disco antiguo. El crepitar de la aguja sonó a sartén con huevo frito.

—¿Sabes bailar valses franceses?

Aquel desafío —«sabes»— me indujo a aceptar, como él sospechaba. Y el barco comenzó a escorarse al ritmo vertiginoso de los acordeones.

Instrucciones para bailar valses franceses

Girar, sometiéndose a la dictadura del mareo, pero no tanto como en los valses vieneses. El giro, además, ha de ser fugaz y cortante, viril como el del tango. No se puede dejar caer la sonrisa durante el giro. No se permite pensar, tampoco sentir. No hay libertad: alguien te lleva de la mano. Es necesario cometer torpezas: si eres mujer, muchas más que el hombre; si eres hombre, muchas más que la mujer.

No renunció a la copa mientras se movía. Había sacado ginebra, y quería condenarme a beberla pura. Como no lo logró, me condenó a beberla él: se sirvió una cantidad ínfima en un vasito pequeño que sostenía con la mano izquierda a mi espalda —yo notaba, incluso en el mareo, la dureza inhumana del vidrio— al tiempo que con la derecha se encargaba de hacerme girar. De vez en cuando se detenía, elevaba los ojos y bebía un trago. Yo observaba sus dedos amarillos de nicotina.

El mar del anochecer rugía por las ventanas como un invitado brutal; su ímpetu parecía querer ahogar la luz de las velas y el ruido de los valses; su boca de abismo amenazaba con atraparnos a mil metros de pelágica profundidad en una fosa clausurada. Imaginé que seguíamos danzando, verdes e ingrávidos, en un mundo de silencio, soltando burbujas de lastre, perturbando a los peces con nuestros giros.

El mar

Las pilas del radiocasete empezaron a gastarse.

No hay sonido más espantoso que el de la música moribunda.

Las velas agonizaban.

No hay luz más terrible que aquella que ya no ilumina, o que sólo se ilumina a sí misma mientras se extingue y los ojos que la contemplan la compadecen (la mirada de Amparo Mohedano).

La música murió; las velas retemblaron.

El Mediterráneo, o lo que fuera esa masa oscura que tronaba en las ventanas, continuó su obcecado ritmo. Yo bailé el Mediterráneo. Seguí moviéndome mientras —atada a mis brazos— Manolo sonreía. No percibí la desaparición de la música, o el asalto del mar, o ambas cosas. No me detuvo aquel salvaje fragor sino el sonido de mis zapatos contra la madera del suelo —golpes bajo una penumbra convulsa y aullante: ¡ploc!—. Comprendí de repente por qué Manolo estaba descalzo: quería bailar pero no deseaba escuchar sus pasos.

Cuando dejé de moverme —por fin— recibí su beso: un toque cariñoso y gélido en la frente. Me aparté con suavidad y él aceptó. «Debo evitar la intimidad», pensé. Porque la intimidad aprovecha los silencios, los instantes de penumbra, el alegre desfallecimiento de un baile. Necesitaba ruidos inteligentes: palabras, conversaciones...

—Me mareo —advertí.

Me sostuvo en sus brazos; las grietas de su rostro transpiraban; su aliento era un vapor cálido y oloroso. Hizo que me sentara con cuidado y se acercó a mi mirada inestable.

—¿Estás bien?

Dije que sí, no recuerdo cómo: con la cabeza o los ojos, murmurando «ajá» o simplemente sonriendo. Me dio la espalda y escuché una campanilla de cristal tenue: cuando volvió a mirarme sostenía el vasito de ginebra lleno. Lo sorbió con lenta indiferencia.

—No deberíamos beber de esta forma —dije—. Ni tú ni yo.

—A mi edad...

Se encogió de hombros. Arrugaba el rostro con cada trago, como si el líquido fuera repugnante.

—Aún te quedan muchos años —dije.

Sonrió con suficiencia, como presumiendo de la proximidad de su cadáver.

—¿A ti te rondan, Manolo?

La pregunta fue como un ruido inesperado: se volvió y amusgó los ojos para contemplarme.

—¿Qué?

—¿Tú también tienes que salir con un pañuelo blanco al cuello para pedirle a la muerte que venga?

—Te refieres a... —Pareció comprender; se rió—. Sí, es una leyenda del pueblo. Hay gente que la cree a pie juntillas. La muerte es un novio celoso.

Circulaban muchas historias parecidas, dijo: la muerte se enamoraba de una mujer y le pedía que saliera maquillada, atractiva, con un pañuelo blanco al cuello. Con los hombres no tenía miramientos, por eso los mataba antes.

—Y escribe cartas —añadí.

Sus ojos oscuros y pequeños parecían intentar vencer la edad y la penumbra para llegar a los míos.

—Es parte de la leyenda, en efecto. ¿Cómo te has enterado?

—Le he preguntado a la gente. Será el tema de mi próxima novela. Tatachín, la gran revelación del año.

—No me digas.

—Una mujer se escribe cartas a sí misma. Deja las cartas fuera de casa y las recoge por la mañana. Pero llega un momento en que decide terminar con el juego. Sin embargo, alguien la ha estado observando sin que ella lo sepa y se ha dedicado a leer todas las cartas, y ahora comienza a escribirle *de verdad.*

—¿Fingiendo ser ella?

—Fingiendo ser quien ella fingía ser.

—¿Y quién fingía ser ella? —Parecía divertido con la historia; se apoyó en el borde de la mesa y bebió otro sorbo de ginebra.

—La muerte.

Pareció reflexionar un instante.

—Así que ahora ese desconocido imita las cartas que ella misma se dirigía con el nombre de la muerte...

—Bueno, las cartas eran anónimas. Pero ella sabía, o más bien intuía, o más bien intuyó después, que había estado escribiendo en nombre de la muerte. Y el desconocido, imitando las leyendas del pueblo, le pide que dé un paseo con un pañuelo blanco al cuello antes de matarla...

—Caramba, qué interesante. ¿Y el final?

—No lo he decidido aún. Ya veremos.

Volvió a llevarse el vaso a los labios pero se detuvo en el gesto, como si hubiera pensado que resultaba improcedente beber después de lo que yo acababa de decir. Me señaló con uno de sus índices nudosos y amarillos.

—Eso de la muerte sin nombre me recuerda otra clase de cartas —dijo—. Las del Tarot. Ya sabes que, en ellas, la lámina que representa «La muerte» tiene número, pero es anónima...

—Sí, ya lo sé. Y «El loco» sólo tiene nombre pero no número.

Se frotó las sienes de repente.

—Uf, pero no hablemos de las cartas del Tarot, porque te podría contar una historia bastante relacionada con todo lo que estamos hablando, pero algo tétrica para estas horas...

—Venga, Manolo, que estás deseando soltarla.

—Pues no, no te creas. No me gusta recordarla. —Hizo una pausa misteriosa y volvió a beber; entonces añadió, de forma ambigua—: Sobre una mujer que conocí hace tiempo.

—¿Francisca Cruz? —Disfruté como una niña desbaratando bruscamente el aire enigmático que quería darle al tema.

—¡Tú has estado preguntando demasiado! —exclamó.

Nos reímos. La pausa sirvió para relajarnos. Se convirtió entonces en el hombre que más me agrada de todos los que muestra, o de los que posee: el flautista de Hamelin que atrae a las ratas viejas como yo con el sonido de sus leyendas. Lo que me contó, en esa extensión de la noche que ya deja de serlo, en ese espacio en el que parece que alboreamos con la propia palabra, madrugada, no fue tan tétrico. Quizá tampoco muy extraño. Pero ahora, al recordarlo, me parece que, a diferencia de las historias de Eulogia «la de la flecha» y de Amparito, la de Paca Cruz posee una moraleja discernible.

Fue la dueña del «Hostal Enrique», la casa de huéspedes más visitada de Roquedal. Su marido, Enrique, había fallecido de cáncer cuatro años después de emprender aquel negocio, y Paca decidió hacer frente en solitario a las inmensas dificultades de continuar su labor, negándose a vender el hotelucho. No habían tenido hijos y la única hermana de Paca había muerto joven, pero ella no parecía conceder importancia a aquella absoluta soledad. No vestía de luto, a diferencia de las demás viudas, y se negó a que la calificasen así —«viuda»— al enterarse de que había arañas que recibían el mismo nombre. No es que no hubiera amado a su marido: sus ojos brillaban al mencionarlo y mantenía la casa repleta de su rostro orlado por los marcos, atrapado en retratos al carboncillo o en daguerrotipos viejísimos donde ambos aparecían sonriendo tímidamente después de la boda o abrazados con quietud frente al portal de la pensión recién inaugurada. Pero rechazó el luto enseguida y prefirió seguir vistiendo la ropa que ella misma confeccionaba, de colores agradables al ojo, elegante a su manera, pese a que jamás salió del pueblo ni vio otra moda que la de las mujeres de los turistas que formaban su variable clientela. Su filosofía era sencilla y firme: la vida es un azar continuo pero las personas son responsables de su destino y pueden modificarlo. Manolo (que mantenía con ella una terca amistad proveniente de antiguas relaciones familiares y basada en visitas tranquilas, tardes de aceitunas y finos, sillas de enea y largas conversaciones en el patio del hostal) le discutía aquella aparente contradicción, y Paca se explicaba con ejemplos. Una vez le señaló un lustroso timón de barco de tamaño natural con un barómetro en el centro, el inesperado regalo de unos turistas extranjeros que quedaron muy complacidos con su atención, y que adornaba como una margarita monstruosa una de las paredes del patio, moteadas de macetas.

—Manolo —porque nunca lo llamaba «don Manuel», a

diferencia de casi todo el mundo—: si te echas a la mar en un barco, tienes el timón para llevarlo adonde quieras, aunque no sepas lo que te aguarda. Las olas aparecen de casualidad, y lo mismo se estrellan contra un barco pequeño que contra uno grande, pero el timón lo llevas tú.

También echaba las cartas del Tarot. Para algunos era más célebre por este oficio que por el de dueña de hostal.

—Pero Paca, mujer —se extrañaba él—, si afirmas que el destino lo decidimos nosotros, ¿por qué crees en las cartas?

—Porque las cartas me dicen lo que debemos y no debemos hacer. Son como la voz de Dios.

—¿Las órdenes del capitán del barco?

—Eso es —sonreía ella con aires de inmenso secreto, como titubeando ante la confianza que él le inspiraba.

Una tarde, sin embargo, decidió honrarlo con otra revelación:

—Manolo, el tema de las cartas es serio. Dios nuestro Señor las usa para decirnos cosas. ¿Sabías que todo el pueblo está en las cartas? —Y cuando él le pidió que se explicase—: Roquedal, en realidad, es un tarot. «La torre» es la torre de la costa; «El ermitaño» soy yo, que vivo sola...

—O yo —la embromó Manolo.

—«El loco» es don Baltasar —prosiguió ella, inexorable—; «El emperador» y «La emperatriz» son los Reyes de Mayo; «La rueda de la fortuna» es este timón que tengo en el patio, aunque no te lo creas; «El sumo sacerdote» es don Fernando, el párroco, sentado en su «trono»... —Manolo soltó la carcajada, pero el trance de Paca no se rompió—; «Los enamorados» es lo que sucedió con Eulogia Ramírez, que de niña le clavaron una flecha en el corazón; «El carro» es el carro de gitanos que volvió loca a Amparito Mohedano, la hija del droguero...

Y así continuó desgranando símbolos ante la seriedad creciente de Manolo, que admiraba su vívida fantasía. Al llegar a «La sacerdotisa» la vio titubear:

—¿Qué pasa?

—Pues que «La sacerdotisa» no está en el pueblo todavía: es una mujer que lee muchos libros.

Intermedio súbito

—¿Eso te dijo? —Me incorporé en la silla con un sobresalto.

—Sí. Eso.

Aguardé su burla, pero Manolo me contemplaba con perfecta gravedad.

—Te juro que eso fue lo que me dijo. Lo he recordado ahora, al contártelo. Por supuesto, lo de «una mujer que lee muchos libros» se refería a la carta. «La sacerdotisa» es una mujer con una túnica rojiza y un libro abierto sobre el regazo. Así que no vayas a pensar...

—Sigue —le pedí.

Prosigue la historia de Paca Cruz

—¿Y «La muerte»? —indagó Manolo.

Paca cruzó los dedos.

—No se llama así; la carta no lleva nombre. Es... —buscó la palabra.

—«Anónima» —le ayudó él.

—Eso. Una carta anónima.

—Pero algo tendrá que ser.

—Es anónima —repitió Paca, que parecía haberle hallado gusto a la palabra—. Nadie sabe lo que es. Por eso no lleva nombre. Es una carta anónima.

Un día, no mucho después de aquella conversación, Paca, que nunca había visto un médico y dominaba los males del cuerpo a fuerza de voluntad, empezó a toser entre sus inagotables palabras. En poco tiempo la tos se le hizo más notoria que el lenguaje. Una noche tosió como si gritara insultos o maldijera. Al día siguiente la ingresaron en una clínica de la capital con los pulmones encharcados por un edema. Insuficiencia cardíaca, dijeron. Manolo fue una de las escasas visitas que la consolaron aun durante las espantosas madrugadas, cuando la pobre mujer se perdía en el laberinto húmedo de su enfermedad. Apenas hacía otra cosa que sentarse junto a ella y soportar su silencio y la incesante molestia de su cuerpo estropeado, apretar su mano morena cuando ella apretaba la suya o volverse tan fácil e imprescindible como un pañuelo de papel, una llamada a la enfermera de turno, un vaso de agua fresca o una almohada mejor situada en la cabecera. El edema se prendió con una rapidísima infección y la llamarada de la fiebre le brotó altísima, rubicunda. Los médicos se mostraban pesimistas y la conducta de Manolo fue adaptándose a la muerte con lentitud: los largos silencios, la oscuridad de la expresión, las lágrimas incipientes.

Una noche, la cordura de Paca se resquebrajó y la fiebre, en violenta crecida, anegó sus palabras. Manolo fue el único testigo de aquellas frases inclementes:

—Me quiere. Y yo no quiero. No porque no sea hermoso. No porque no me guste, que sí me gusta. Es que no quiero. Tengo alma, por la gloria de mis padres que tengo alma, y mi alma no se deja, no lo quiere, no baja la cabeza. Que no, que no. Ni aunque sus ojos miren como ascuas. Por eso me he puesto fea, para no gustarle...

Su voz era como la de un ahogado que hablara bajo el mar. Roto el infinito tedio de su velada, espabilado de repente y temeroso, Manolo quiso llamar a la enfermera, pero las palabras de Paca lo mantenían aferrado:

—Que salga bonita con un pañuelo blanco al cuello, eso ordena. He roto sus cartas, sus poesías... ¡He roto todo lo que me escribe!

Enrique, su difunto marido, le había compuesto en días

lejanos algunos versos que ella conservaba a regañadientes —porque afirmaba que no soportaba verlos—, ocultos en algún baúl, y Manolo pensó al pronto que se refería a ellos; pero lo del «pañuelo blanco» le hizo sospechar que la pobre Paca deliraba con la vieja leyenda roquedeña de la muerte. De improviso la oyó vociferar:

—¡No vengas con ese rostro, que no eres nada! ¡Nada! ¡Déjame! ¡Déjanos! ¡Vete...!

Acudió la enfermera; después los médicos. Le administraron un sedante y logró improvisar un descanso aceptable. Sin embargo, cuando abandonaba la habitación, Manolo advirtió que las cabezas de los presentes se movían con lentitud negándole a Paca la vida. Confió en que el desenlace se produjera mientras ella soñaba.

Pero Paca no murió. Contra todo pronóstico, se recuperó con terca paciencia, fue dada de alta con la indicación de seguir dieta y tomar medicinas y regresó al pueblo. Continuó regentando el hostal con la misma energía de siempre. Volvió a cuidar su aspecto, a vestirse con cierta coquetería y a derrochar ímpetu y decisión. Un día Manolo la sorprendió barriendo en el patio. El tema de las cartas surgió casi sin que se lo propusieran. A él le costaba trabajo creer que aquella anciana de silueta ostentosa pero agradable, cabellos blancos recogidos en un moño y vestido color crema bajo un delantal de rosas rojas estampadas fuera la misma Paca espectral de su recuerdo.

—Ahora ya sé lo que era esa carta anónima, Manolo —dijo ella—. Ya la he visto. Y ahora sé también por qué no lleva nombre. ¿Sabes por qué? Porque no es nada. Nada. No hay que tenerle miedo, te lo digo yo. Es... —y buscó la palabra.

Vivió varios años muy bien. Se convirtió en una niña de voz dulce. Vendió el hostal y se retiró a una residencia geriátrica que pagó con su propio dinero. Él la visitó allí dos veces. La primera, ella no lo reconoció: jugaba con una muñeca y le cantaba canciones de cuna. La segunda ocasión, una empleada le dijo que había muerto. No le dijeron si había muerto con una sonrisa, o llorando, o durmiendo. Le dijeron que no había sufrido, eso sí. Y aquella misma noche Manolo soñó con la muñeca que Paca había estado acunando en su visita anterior. La vio vestida como una novia y flotando en el mar. Era muy hermosa: su semblante parecía imposible de bonito que era y sus bracitos se abrían tenues como la brisa. Entonces se hundía. Pero su sonrisa era tal que Manolo quería hundirse con ella. Despertó y escribió un poema. Ahora no recordaba dónde guardaba aquel poema, pero sí que su título era una sola palabra: la misma que le había ofrecido a Paca durante la última conversación que mantuvieron sobre las cartas:

—«Insignificante».

Y esto es todo lo que se sabe sobre Francisca Cruz.

—Un asesino insignificante —murmuré.

—¿Cómo dices?

—La muerte, en Roquedal, es un asesino como los que nos inventamos los escritores en las novelas, que sólo existe si tú te lo crees. Un personaje que sólo es capaz de dar miedo en tu fantasía, mientras lo lees en la oscuridad y la soledad de tu casa.

—Algo parecido al loco que le escribe cartas a la protagonista de tu novela...

—Sí. Algo parecido. La gente de Roquedal cree que los seres humanos hemos *inventado* la muerte, y puede que tengan razón.

Me levanté y contemplé la noche del mar a través de las ventanas; los redondeles negros de los cristales, en contraste con las paredes blancas, me hacían pensar que me hallaba encerrada en el interior de una calavera. Pero me sentía mejor, mucho más estable dentro de mi eje.

—¿Quieres tomar otra cosa? —me tentó Manolo—. Tengo whisky, si es que te gusta esa mierda...

—No, ya rebasé mi límite semanal.

Volvió a llenar su vaso y lo alzó como si fuera a brindar. De pie tras la luz de las velas, con el cabello blanco revuelto y el jersey negro, parecía una especie de extraño sacerdote sin fe en el momento de la consagración.

—¿Sabes lo que creo? —dijo con voz átona—. Supongamos por un momento que la leyenda de la muerte que escribe cartas y enamora es cierta. Creo que habría que ser una Paca Cruz para rechazarla. Yo, desde luego, no podría. Cuando llegue mi novia a pedirme la mano, me casaré. —Hizo el gesto del brindis y bebió un trago muy largo.

Lo contemplé mientras bebía. A mi memoria acudieron como perros dóciles, perros a los que ni siquiera es necesario llamar porque te olfatean y se acercan, varias frases extrañas: *¿Quién soy? Soy tu consorte real. Ven, que visto mi desnudo blanco. Ven, que la boda es en el bosque.*

No hubo más noche. Nos despedimos con escasas palabras, le agradecí la velada y rechacé su cortés ofrecimiento de acompañarme hasta casa por la playa negra. El alcohol, de alguna forma, te hace inmortal durante horas, y crucé en ese estado indestructible la oscuridad inmensa de la torre y las piedras sin percibir su presencia, señor mío. Sólo escuché el intento perenne de las olas, su batalla sísifa.

¿Qué debo deducir? ¿Se halla usted en el destino del pueblo —una carta anónima— y yo también —la sacerdotisa—, y nos hemos barajado? ¿Ésta es la conclusión que debo extraer de la historia de Paca Cruz? Le dejo la última palabra.

Y a propósito de palabras, ¿qué oiré al final, cuando venga? ¿Su voz? ¿Y cómo es su voz?

La voz

Ahora que lo pienso, quizá sí sentí anoche, mientras regresaba a casa, un pequeño ruido entre las piedras de la torre, pero el mar lo disimuló: ¡ploc! ¿Ésa es su voz? ¿Suena usted a piedra pequeña al caer? Lamento desilusionarlo: cualquier niño grita más.

* * *

La visitaré este sábado. He elegido el momento al azar, porque no importa realmente cuándo. La ventaja para usted es que ya tiene algo en qué pensar: le quedan *tres días de vida.* Mi ventaja es la misma, saber que usted lo sabe, pero habría dado igual de todas formas. Naturalmente que no se trata de una promesa: su muerte es un hecho cierto; mi visita, sólo un acontecimiento, y, como tal, fortuito, postergable, impredecible (pero existe una bala en la recámara, se lo aseguro: dispárese *todas* las veces posibles y la hallará). Sin embargo, ya posee la seguridad que buscaba: un plazo. ¿En qué lo empleará? Cualquiera se halla en peor situación que usted, aunque no lo perciba. La gente debería despertarse siempre pensando que puede morir *hoy.* Pero usted, con la certeza de mi crimen dentro, ¿acaso no se siente más inmortal? Reconozca que, gracias a este plazo arbitrario, le concedo tres días *eternos.* Durante ellos *no morirá.* Invierta, pues, los términos: comience cada mañana planeando lo que hará, no se anticipe al final. La seguridad de su muerte le ha otorgado la seguridad de su vida. Reconozca, no obstante, que adjudicarle límites estrictos a su existencia, señorita, ha extendido los de la mía: soy algo más real que antes. Por el contrario, ¿no se siente usted un poco más *ficticia*?

* * *

Mi inestimable señor. Gracias. Saber que ha decidido matarme dentro de setenta y dos horas ha cambiado mucho mis puntos de vista. De hecho, nunca he llegado a dudar de usted en el fondo de mi corazón. ¡Pero ahora, además, tener *ganas de vivir*...! He aquí cómo esta especie de broma en serio ha llegado a ser tan maravillosa. Y es que jamás pensé, señor, que el anuncio conciso de mi muerte iba a obligarme a aferrar la vida con las dos manos. Con uñas y dientes, se dice.

El dragón

Contemplo, mientras escribo esto, un hermoso dragón de porcelana azul que imita el arte de alguna dinastía perdida de los chinos (una bisutería que ni siquiera me pertenece: estaba aquí cuando alquilé la casa). Es una máscara grotesca: ojos de sapo, lengua bífida, boca descomunal, bigotes de barbero italiano y zarpas de león. Observo el jade enorme de sus fauces, su hambre tersa de porcelana, y fantaseo con poseer el tamaño de uno de sus dientes y habitar en el glaciar ondulante de su paladar, dedicada a esquivar sus preciosas dentelladas. Me hallo sometida a la esperanza de un inminente peligro, y ello me obliga a desear eludirlo. Quiero decir (es un pensamiento complejo, pero lo trituraré en su honor) que acabo de descubrir el gran secreto de la existencia, observe mi presunción: la vida es una consecuencia retroactiva de la muerte, de igual manera que la salvación lo es del peligro. Cartesianamente hablando:

1. Si no supiéramos que vamos a morir, no viviríamos.
2. Yo muero, luego existo.

¿En qué he empleado el primer día de mi vida, el primero de este plazo que ya constituye mi *única* vida? Pues en ser fuerte y feliz. ¿Qué importancia puede tener que sólo me queden cuarenta y ocho horas? Siempre he preferido la cualidad a la cantidad, debo decírselo. Y eso de gozar de las nubes que se han agolpado en el pedazo de cielo azul de mis ventanas, deleitarme con el runruneo bobo del mar, mirar el reloj con alegría de enamorada, tocar en mi propio cuerpo como si hiciera música, sentirme siempre frente a un espejo que me agracia... ¿No es un regalo único? He querido decírselo: el primer día inútil y feliz de mi existencia. Esta breve e inútil carta (pero igual de intensa) es de agradecimiento.

* * *

Será mañana, señorita.

El mar —¡si lo estuviera usted viendo ahora!— es muy azul y rompe pronto, incluso antes de la orilla, como un niño que aprendiera a caminar. En el espigón, a lo lejos, resuenan las olas. El pedazo de papel en el que escribo parece un pájaro: el viento no lo deja en paz y le hace batir las alas.

Aquí, en la playa, no sueño con usted. Conforme se acerca el final, usted se pierde para mí. Me hallo alejado de mi propio tiempo, contemplando con tranquilidad el juego de la espuma. Esta carta, que debería ser de amor, es casi una nota de despedida, una página de diario para recordar todo aquello que olvidaré pronto. Incluso la violencia cede en mi interior, estalla antes, como esas olas improductivas. ¡Y usted, que me cuenta lo fuerte que se hace...! Pues aquí ve mi debilidad: el momento de la muerte es mi propia mutilación. Mi aguijón arranca mis entrañas al clavarse.

* * *

Sucedió así.

Tras pensarlo un instante, me quité el sujetador y las bragas y decidí no llevar ninguna clase de ropa interior. Desempolvé los únicos zapatos de tacón que podían soportar mis pies en verano y el vestido estampado en azul y blanco que compré para la boda de mi hermana y que había olvidado olvidar en Madrid. Me maquillé: finas curvas negras en el borde de los párpados, un poco de rojo en los labios, el rostro más pálido que de costumbre, manchas de vergüenza en las mejillas. Descubrí algo durante este último proceso: odio maquillarme. Detalle final e imprescindible: me quité las gafas sometiéndome al dictado normal de mis dioptrías. Me contemplé en el espejo del armario. Se me olvidaba otra cosa. Pañuelos totalmente blancos no tengo, de modo que tuve que improvisar con tijeras y una vieja sábana. El conjunto final era grotesco, con o sin pañuelo, así que daba igual. De lejos, en el caos de mi vista mediocre, me pareció que en el espejo había una mujer ahorcada. Me había atado el pañuelo como si fuera un nudo corredizo, con los extremos ocultos, envolviéndome todo el cuello.

Salí temprano, a eso de las diez, con el viento favorable para todo aquél interesado en contemplar mis piernas desde la altura de los muslos, tambaleándome por la novedad de los zapatos, incómoda por el besuqueo del vestido en mis zonas íntimas, perfumada como una novia y tan ciega que parecía un verdadero símbolo de la imbecilidad, y me dirigí a la Cuesta de la Trocha riéndome por dentro. ¿Qué dirían al verme con esta pinta? Pero también pensaba en usted. Me imaginaba que sonreiría, lleno de burla, en la falsa creencia de que lo había hecho para su exclusivo deleite. Todo hombre piensa siempre que toda mujer se viste o se desnuda sólo para él, ya sabe.

El bar de Joaquín se hallaba vacío, exceptuando —porque nunca hay soledad en Roquedal— la presencia exacta de la peña de mus de pescadores jubilados, que, aprovechando el fresco matinal y el ligero insomnio que perturba la noche, se instalan muy temprano en una mesita de la terraza. A pesar de la miopía, percibí que adoptaban pose de retrato familiar. Sólo movieron ojos y cuellos, pero a la vez, como si yo fuera una jugadora más y ellos aguardasen mi turno.

—Buenos días —dije.

—Buenos días.

—Buenos días, señorita.

—Buenos días.

Me saludaron en diversos tonos, a diversos tiempos; algunos iniciaron el gesto cortés de levantarse. Las cartas que sostenían me parecieron —desde la distancia de mi artística ceguera— las del Tarot.

Entré en el bar taconeando con fuerza en las baldosas, las piernas temblonas y la dirección insegura, contemplando la Trocha habitual con ojos turbios y oyendo tan sólo el rumor de mis zapatos, que resonaban por encima del murmullo de voces del televisor; escogí una mesa apartada de la barra. Fue un verdadero alivio sentarme: me dolían los pies, desacostumbrados a tanta altura, me lloraban los ojos y me sentía frágil, poco duradera, como si todo a mi alrededor se hubiera vuelto afilado y pudiera dañarme.

Joaquín se acercó, solícito: fue como ver crecer una curiosa sombra polícroma.

—¿Qué va a ser?

—Un café, Joaquín, como siempre.

—Ah, ¡es que viene usted hoy que cualquiera sabe! —Sonrió con la boca muy abierta. Yo sólo distinguía bien aquella boca, la lengua como una mancha rosada, la dentadura del color de los huesos viejos.

—Para variar.

—Que conste que siempre está guapa.

—Muchas gracias.

Ya sólo me faltaba coincidir con Manolo Guerín, pero no había venido. «Qué lástima», pensé, «con lo que se reiría». La televisión, una mariposa parlanchina y enorme posada en la pared, ni siquiera se escuchaba bien. Por la música y los chillidos histéricos de los actores adultos supuse que se trataría de un programa infantil. Observé el interior del bar. Los bultos de las mesas eran como tumbas. La imagen de una imaginación, la lectura que en su día hice de *La colmena,* me invadió sin que pudiera evitarlo. Debido al estado indefenso de mis ojos me parecía que me hallaba más dentro de mi cuerpo que en el bar, explorando recuerdos de libros, de ideas, nunca de personas, o casi nunca. Un miope sin gafas vive una extraña experiencia. Era como si realmente estuviese a punto de morir: la visión borrosa es uno de los recursos más utilizados para describir al personaje que agoniza, que pierde sangre, que contempla a su amada hasta que ésta se transforma en una mancha sin rasgos y por fin se desvanece. Se desvanece.

Phantasmagoria

Me sorprendí a mí misma pensando qué sería lo que llegaría a ver el Gato de Cheshire durante sus desapariciones; quizá, desde su punto de vista, era el mundo lo que se alejaba, perdía nitidez y por tanto realidad, se diluía. *«You'll see me there», said the Cat, and vanished.* Recordé la traducción que había hecho de aquella maravillosa fantasmagoría de la lógica. La editorial para la que trabajaba entonces me había pedido una versión «seria», ya que consideraban que las dos *Alice* eran obras para adultos.

Pensamiento prohibido

«Todo esto fue cuando comencé a vivir con Julián... Pero ahora no quiero pensar en Julián.» Cerré de un portazo.

Phantasmagoria II

El profesor Gerardo Gracián, uno de mis gurús de filología inglesa, tenía una teoría curiosa sobre *Jabberwocky*, el incomprensible poema que Carroll compone para la segunda parte de su *Alice, Through the looking glass.* Afirmaba que la idea original de su autor era mostrar la fragilidad de los significados, la ilusión de las palabras de un texto cualquiera en comparación con la impresión que nos produce su conjunto. «Cuando Alicia termina de leer el poema», nos decía, «tiene la *sensación* de que es muy hermoso, pero no lo *comprende.* Muchas palabras no pertenecen a su idioma, pero ella capta cierto *sentido* de *"Gestalt"*. Su cabeza se llena de ideas, pero desconoce cuáles puedan ser éstas. Sólo posee una certeza *lógica* sobre el argumento: *alguien* ha matado *algo.* Le damos la razón: el lector comparte esa certeza. Si ustedes se fijan» —era su manera de decirnos que la frase importante venía ahora—, «todo lenguaje es *jabberwockiano* para un lector, incluso el propio; las palabras significan muchas cosas según el contexto, la época, el uso que cada autor les otorga. Las palabras desnudas son *incomprensibles.* La buena traducción será aquella que capte el *sentido* del conjunto. Esa magia *que se ve y no se ve,* esa ilusión óptica, es lo que distingue a los diversos escritores. Ningún autor es un diccionario. Todos juegan con la irrealidad del idioma y forman una figura, pero ésta se *desvanece* en el aire, porque las palabras son *irreales.* Sin embargo, al igual que el Gato de Cheshire, un texto se desvanece ante nuestros ojos lógicos dejando siempre una *sonrisa.* Esa sonrisa es la que debemos conservar en la traducción».

Pensamiento prohibido II

«Pero no querer pensar en Julián es pensar en él; porque Julián es lo que se piensa y no se piensa, lo que se ve y no se ve, aquello que se desvanece dejando siempre una sonrisa, una maravillosa fantasmagoría de la lógica, el *jabberwocky* de mi vida. Ahora que ya he recordado a Julián no podré dejar de recordarlo, como no se puede dejar de ver una silueta en un suelo de baldosas o una muñeca de trapo colocada en la cama.» Cerré de un portazo.

Me pregunté qué opinaría el profesor Gracián sobre lo que me estaba ocurriendo. Evidentemente, la idea de conjunto era *alguien* quiere matar *algo.* Una sonrisa, pero llena de dientes. Porque la muerte es imposible de traducir a la vida. La muerte es *jabberwockiana* para todo ser vivo. Sólo el autor de su propia muerte comprende lo que es, los demás percibimos un cuerpo que se desvanece y una sonrisa final. Aquí, en Roquedal, la muerte ha sido traducida de esta forma: «Un señor que te pide que te pongas guapa y salgas *así* a la calle, antes de desposarse contigo. La muerte es un buen partido para alguien que ya no quiere vivir. Tú la llamas, le haces señas con tu cuerpo, y ella se acerca y te piropea. Pero puedes ahuyentarla con gritos, como a un gato medroso».

Una mano de hombre orbitó a escasa distancia de mis ojos —abierta como si quisiera estrangularme— y depositó una taza de café caliente sobre la mesa.

—Aquí tiene usted —dijo Joaquín.

Yo había cruzado las piernas permitiendo que la falda las desnudara, pero las tengo tan flacas que creo que ofendo más a la estética que a la ética. Sin embargo, percibí que la mirada de Joaquín, cercana por un instante, no se apartaba de ellas. Eso tendría que haberme halagado de alguna forma. No obstante, en un pueblo donde la muerte piropea, los hombres no tienen más remedio que asustar. Hizo ademán de retirarse pero se detuvo, se rascó la cabeza a la altura a la que siempre se coloca el lápiz y se inclinó para hablarme en voz baja.

—Qué le iba yo a decir... A usted no le pasa nada, ¿verdad?

—¿Cómo?

—¿Está usted bien?

Tanta risa me entró que casi derramo el café. Me contuve por un doble motivo: no quería burlarme de su bondad, pero además lo notaba realmente *preocupado.*

—Claro que estoy bien. ¿Por qué lo dices, Joaquín? No me asustes, por Dios.

—No, qué va. —Se rió—. Si lo preguntaba por saberlo... Porque me pareció que...

Y se encogió de hombros pidiéndome ayuda con los ojos, como para acabar felizmente lo que él mismo había empezado. Yo ayudé, claro: lo tomé a broma y nos reímos juntos. Se quedó más tranquilo, como el individuo que de repente se da cuenta de que «ha hablado demasiado» y suspira con alivio cuando logra cambiar de tema. Bebí el café a sorbos lentos, demorándolo en el paladar. La suavidad del vestido me hacía pensar que no llevaba nada encima, y me divertía explorar el juego de mi carne en el interior, la sorpresa de mi piel desnuda bajo la gasa fláccida.

Me marché igual de tambaleante y observada que al llegar. Ya en la calle me entraron tentaciones de pasear por todo el pueblo como un santo en procesión, los ojos elevados hacia la luz mientras mi cuerpo sufría tormentos. Incluso avancé un poco cuesta arriba en dirección a la plaza al tiempo que jugaba con aquella imagen. La brisa del mar era como las manos de un hombre torpe y acezante que quisiera desnudarme. Tropecé con dos ángeles luminosos que se dirigían Trocha abajo, dos mujeres, una corpulenta y la otra esbelta, una madura —la corpulenta—, la otra joven. No me saludaron pero supe que me conocían. Sus formas, sus imágenes de soles ardientes, una —la madura y corpulenta— con la débil torre de su pelo dorado por encima, la otra —joven y esbelta— con la torre disuelta en cascadas de oro sobre la espalda y los hombros, me hicieron pensar en Carmen, la matrona del pueblo, y su extraña y hermosa hija Rocío. Si eran ellas, y creo que lo eran, me habían reconocido indudablemente. Carmen me saluda siempre, Rocío nunca. Pensé durante un estúpido instante que ahora las cosas tendrían que haber sucedido a la inversa: Rocío me debería saludar, Carmen no. Era evidente que les había intrigado mi aspecto.

En un momento dado perdí el equilibrio con un tacón y me apoyé en la pared. La brisa, soplando con fuerza por la

Trocha, engañaba mis sentidos. Me parecía que estaba mostrando el culo. Pero no era así y a la vez sí lo era. El vestido me dibujaba las cachas, pegado a la espalda como una piel. Mi desnudez se veía y no se veía; era roquedeña, como el gato —de Cheshire— de la Virgen, como el rostro hueco del Rey de Mayo, como la «carta anónima» de Paca Cruz, como una buena traducción —según el profesor Gracián—, como usted, el Asesino de mis días. El hombre que *hoy acabará conmigo.*

Razones para morir

Porque ya usted lo decía: no me faltan razones para morir, estimado señor. La soledad, el aburrimiento, la sensación de encontrarme fuera de lugar en este pueblo tranquilo, la novela de Faulkner, y sobre todo, sobre todas las cosas, el recuerdo de Julián (el año que pasamos juntos; la enfermedad que lo apartó de mí y de la vida y lo recluyó en un psiquiátrico; su suicidio, del que fui informada un mes antes de venir a Roquedal mediante una carta con el membrete de la clínica): todas éstas son buenas razones, en efecto. Podría aducir más, señor mío, pero no quiero compadecerme tanto.

La palabra

Me surgió una palabra como un pájaro espantado por un niño: *transido.* Supe que me sentía *transida.* En su acepción como participio pasivo del verbo *transir* significa «pasado», «terminado», «muerto». Es un verbo anticuado. Hoy usamos el adjetivo: aquejado por el hambre, la fatiga o el dolor. «Pero yo me siento *transida* en participio pasivo», pensé. «Además, las palabras son irreales: puedo caminar *transida* como si este término, *transido, transida,* hubiera sido inventado por mí.

Puedo escribir: "*Carmen del Mar caminó desnuda y transida con los ojos alzados hacia la luz y los pies a escasos centímetros del suelo*", y esto que escribo se desvanece en el aire pero deja una sonrisa de sentido, y al escribirlo lo vuelvo real, como mi muerte».

Me palpé el pañuelo atado al cuello. Me estrangulaba un poco. Sólo un poco. Seguí caminando hasta el final de la Trocha y llegado este punto me aburrí de *transirme.* Me dolían los pies y empezaba a estar harta de contemplar mi propia miopía, así que emprendí el regreso a casa.

En casa faltaba algo: usted. La recorrí tal como iba, sin desmontar el artificio de los zapatos horrendos, oyéndome taconear como una yegua: fui del salón al despacho, y del despacho a la cocina, de la cocina al saloncito, del saloncito al cuarto de baño y del cuarto de baño a los dormitorios, *waiting, panting, my eyes glowing like the eyes of cats*; abrí la despensa y el armario empotrado del pasillo; me asomé al patio de atrás y al huerto de delante; exploré el muro. Todo vacío, ni rastro de usted. Después pensé: «La solución es simple: usted quiere *matarme,* ése es su único interés, así que no tiene sentido que *esté* si yo no estoy, porque no podría matarme en mi ausencia. No podría, por ejemplo, matarme en mis libros, matarme en mis apuntes, matarme en mi ropa, matarme en mi televisor, matarme en mi pijama, matarme en mi perfume. Es necesaria mi presencia para que usted logre lo que se propone, que es mi ausencia. Ahora bien, usted podría *acecharme.* Pero eso iría por completo en contra de sus principios, ya que lo que quiere usted es *matarme,* tan sólo, no *acecharme*». Si todo va bien, la cosa debería ocurrir de la forma siguiente:

Llaman a la puerta, por ejemplo, ahora mismo; yo taconeo hasta ella para abrir; abro y me muerdo sin querer el carmín de mi labio inferior —quede bien claro que no se trata del *inferiorinferior,* que sería harto difícil que pudiera morderme, créame; digamos, para que no interprete usted mal mi *jabberwocky,* del labio *intermedio*—; lo veo a usted en el umbral, el Negro Christmas, el Rey de Mayo; antes de que yo pueda articular una sola palabra, usted me mata (probablemente, sólo tendrá que apretar un poco más este tosco pañuelo que me he atado al cuello). Yo muero. Y ya está.

En las novelas, sin embargo, esto no basta. No se puede escribir sobre *el momento* de la muerte. No existe tal momento. Se puede hablar de la agonía, de la pérdida de visión, de la desnudez, de la violación, de la hemorragia. Todo eso existe. Pero la *muerte* no. Usted me *matará* pero yo no *me moriré.* Es una cuestión de lenguaje, como todas: jamás podré *morirme* porque el acto de morir no es un acto, es el final de la obra, está *fuera de la obra* y *fuera de mí,* queda más allá del *borde* y de la descripción. Yo jamás me moriré cuando usted me mate: habrá un instante de agonía y de terror, quizá de morboso placer, pero nada más. Y cuando usted diga: «Ha muerto», yo ya no podré comprobarlo. Matar no es *hacer morir,* como usted pensaba. Matar es «matar *algo*» —a un *jabberwocky,* por ejemplo—, dejar esa sonrisa de cadáver al desvanecerse un cuerpo que ya no seré yo. «La muerte no es un acontecimiento de la vida. No se vive la muerte.» ¿Dónde leí eso? ¡Ya sé!

Ahora comprendo por qué en Roquedal le consideran *insignificante*: de usted es *imposible* hablar, ya que sobre «una respuesta que no puede expresarse, tampoco cabe expresar una pregunta», y porque «de lo que no se puede hablar, hay que callar». ¡Ahora sé a quién pertenecía la tumba «W»! ¡A Wittgenstein, *claro*! Wittgenstein nació y murió en Roquedal, lo que ocurre es que le sucedió como a Manolo: que casi toda su vida la pasó en el extranjero. Pero los circuitos lógicos de Wittgenstein proceden de aquí.

No he sabido si fue Wittgenstein, o el recuerdo de la energía insobornable de Paca Cruz. No lo supe, no lo he sabido nunca, no lo sabré nunca.

Era tarde, eso sí lo sé. El día desfilaba por las ventanas mostrando su espalda, como el Rey de Mayo. Yo me hallaba en el baño con la punta de mi estilográfica apoyada en los latidos de mis venas. Ya le he dicho en una carta anterior que poseo una estilográfica peligrosa, afilada, terrible. Pensé que sería un detalle poético y deseché el cuchillo de cocina que había cogido, me dirigí a mi despacho, desnudé la pluma y regresé al cuarto de baño. «Un escritor debe morir escribiendo», pensé. «Escribir hasta la muerte, hasta el mismísimo final, las últimas palabras con sangre.» Una imagen de extraña y terrible belleza me sobrecogió: firmar, rubricar mi novela sobre la muñeca izquierda presionando con fuerza, como se hace con un bolígrafo que no funciona, hasta que las arterias destrozadas formaran mi nombre y huyera la sangre. Así pasaría a la leyenda de este pueblo mágico. Carmen del Mar «la de la pluma».

Tampoco sé si fue pensar esto, querido, inestimable señor, usted me entiende. Puede que fuera llorar como lo hice, así de maquillada, frente al espejo del cuarto de baño, así de guapa, frente al espejo, con mi muñeca izquierda levantada y apoyada en mi pecho —una muñeca acunada en mi regazo—, la pluma a punto de arañar la última palabra.

Ahora que lo pienso, quizá fuera llorar. ¿Desde cuándo no había llorado? ¿Desde cuándo me había limitado a *traducir* mi *veneno* en esta triste novela epistolar en vez de verterlo, derramarlo hacia la realidad? ¿Sería, quizá, la posición de mi rostro, mi boca absurdamente abierta como si gritara «auxilio, me matan», aunque en silencio? ¿Quizá, querido señor fue el *llanto*?

Posiblemente fuera la risa. A veces la ridiculez es salvadora. Verme llorar así, maquillada, el pañuelo blanco al cuello, desnuda bajo el vestido que compré para la boda de Eloísa, la muñeca izquierda dispuesta como un papel y la pluma a punto de escribir sobre ella, lo transformó todo en lo que realmente era —porque las actividades solitarias siempre nos hacen reír, por graves que sean—; y mi llanto se deshizo en risa sin transición. De igual manera el odio se vuelve amor; la desesperación, esperanza; la muerte, vida. «Mírame», pensé. «Oh, por favor, mírame. Mírame de nuevo renacida, mi cuerpo desnudo y vestido, mis facciones estropeadas, pero el calor de nuevo conmigo, porque llorar es volver a ser joven, el tibio calor de las lágrimas y de la risa otra vez conmigo.»

Y en lugar de rubricar sobre mis arterias, he dirigido la pluma hacia el papel y le he escrito, señor mío, la última carta.

Última carta a mi asesino

Mi inestimable señor. Sus amenazas nunca me asustaron, pero ahora ni siquiera me preocupan. Usted sigue siendo anónimo e insignificante como los malos recuerdos o el naipe de la muerte. Sé que me visitará algún día (la certeza de este hecho es incuestionable, como a usted le gusta decir), pero advierta que yo no lo llamaré. Deberá invitarse a sí mismo cuando le plazca. Me hallará tranquila, casi feliz, probablemente escribiendo (pero no a usted, se lo aseguro). Su insignificancia es tal, señor mío, que ni siquiera voy a despedirme ahora: bastará un punto final, un leve punto final, el gesto de alzar la pluma en este momento, y usted desaparecerá. Porque el único remedio que encuentro ante su insistencia es ignorarle. Se merece usted algo mucho peor que mi desprecio: se merece, estimado señor, mi aburrimiento.

Ya no quiero escribir más sobre usted.

La pluma

Levanto la pluma del papel y finalizo.

NOTA FINAL DEL EDITOR

Carmen del Mar Poveda me entregó estas cartas, así como su brillante traducción de *Light in August*, a su regreso de Roquedal. Una lectura preliminar me reveló que no se trataba de una correspondencia sino de un monólogo. Sé que la autora —a quien conozco desde hace varios años— ha exorcizado muchos fantasmas gracias a este juego de espejos.

Los lectores, sin duda, se complacerán en saber que Carmen del Mar Poveda se halla preparando una nueva novela. Yo le escribo con cierta regularidad y ella nunca me contesta. Entre nosotros eso es buena señal.

Impreso en Litografía Rosés, S.A.
Energía, 11-27 (Polígono La Post)
08850 Gavà (Barcelona)